ABENTEUER

Colin Thiele

Die Höhle

Colin Thiele

Colin Thiele, 1920 in Südaustralien geboren, ist einer der bedeutendsten Kinder- und Jugendbuchautoren dieses Kontinents. Er schrieb zunächst für den Rundfunk, ehe er sich ganz dem Bücherschreiben widmete. Viele seiner Bücher wurden mit Preisen ausgezeichnet und verfilmt.

Die Höhle

Aus dem Englischen
von Marlies Single

RAVENSBURGER BUCHVERLAG

Lizenzausgabe
als Ravensburger Taschenbuch
Band 52193
erschienen 2001

Die Originalausgabe erschien
im Verlag Methuen Children's
Books Ltd., London
unter dem Titel „Chadwick's Chimney"
© 1980 by Colin Thiele
Published by arrangement with
Egmont Children's Books Ltd.
239 Kensington High Street
London W8 6SA

Die deutsche Erstausgabe
erschien 1984 im C. Bertelsmann
Verlag, München
© der deutschen Ausgabe:
C. Bertelsmann Verlag GmbH
München, 1984

Erstmals in den Ravensburger
Taschenbüchern erschienen 1988
als Band 1660

Umschlagillustration: Colin Sullivan

 RTB-Reihenkonzeption:
Heinrich Paravicini, Jens Schmidt

**Alle Rechte dieser Ausgabe
vorbehalten durch
Ravensburger Buchverlag**

Printed in Germany

**Die Schreibweise entspricht den
Regeln der neuen Rechtschreibung.**

5 4 3 2 1   05 04 03 02 01

ISBN 3-473-52193-0

www.ravensburger.de

ABENTEUER

INHALT

Das Phantom-Motorrad 7

Das Schwarze Loch 15

Die Unterwelt 25

Tiefenrausch 34

Der Beweis 43

Eine weitere Höhle 55

Die unterirdische Kathedrale 64

Suchtrupp 76

Die Schatztaucher 88

Eine schreckliche Wahl 99

Wettlauf mit dem Tod 108

Finsternis 119

Eine Idee 130

Ohne Hoffnung 136

Die letzte Chance 141

Danksagung

Ich möchte dem Senior-Konstabler Alan Cormack vom Unterwasser-Rettungs-Kommando der Südaustralischen Polizei für den großzügigen Beistand in technischen Einzelheiten beim Tauchen in Unterwasserhöhlen und für die Überprüfung des Manuskriptes herzlichst danken.

*Colin Thiele
Adelaide, 1977*

Das Phantom-Motorrad

Ket konnte es nicht mehr aushalten. Er setzte sich im Bett auf und lauschte. Lange Zeit wartete er, den Kopf zur Seite geneigt, mit gespitzten Ohren, die Nerven angespannt wie Gitarrensaiten. Doch jetzt war nichts mehr zu hören.
Im Haus war es still. Nicht einmal ein leises Schnarchen drang aus dem Elternschlafzimmer oder aus dem kleinen Raum gegenüber, der seiner Schwester Mit gehörte. Und als es in der Decke über ihm plötzlich knackte – oder war es das Wellblech auf dem Dach? –, schien es, als ob die darauf folgende Stille nur noch größer würde.
Horchend blieb Ket noch eine Weile aufrecht im Bett sitzen. Doch es war nichts mehr zu hören. Schließlich entschied er, dass er geträumt haben musste. Er kuschelte sich wieder in sein Bett, zog die Decke bis zu den Ohren hoch und schloss die Augen.
Da war es wieder. Leise und weit weg, aber doch ganz deutlich. Rat-tat-tat! Wie ein Motorrad, das irgendwo in weiter Ferne eine nächtliche Straße entlangfuhr. Oder ein alter Traktor. Rat-tat-tat-tat-tat! Lauschend lag er da und versuchte herauszufinden, was es sein könnte. Eine Honda vielleicht? Oder eine alte Triumph? Aber wo? Rattat-tat!

„Lass dich nur nicht verrückt machen", befahl er sich selbst, warf die Decke zur Seite und schwang die Beine über die Bettkante. Er zog die Hose seines Schlafanzuges hoch, tapste mit bloßen Füßen hinüber zum Fenster und blickte hinaus. Nichts als Stille und Schatten. Die Bäume ragten wie lange kräftige Arme aus dem Boden, mit Kronen, die in der Finsternis zu geballten schwarzen Fäusten wurden. Die Öffnungen der Schuppentore drohten ihm wie dunkle aufgerissene Mäuler. So weit er es sich vorstellen konnte, erstreckten sich Äcker und Viehweiden über das Land, das sich in weiten Ebenen ausbreitete – mit Bäumen und vereinzelt vorkommendem dichtem Gestrüpp und mit leichten Erhebungen, die man kaum als Hügel bezeichnen konnte. Und über allem wölbte sich der weite Nachthimmel mit hohen Wolkenbändern und glitzernden Sternen.

Ket rieb sich die Arme, an denen der kühle Luftzug Gänsehaut hinterlassen hatte. Ein unbehagliches Gefühl überkam ihn, während er so in die Dunkelheit hinausstarrte.

Er lauschte aufmerksam, wobei er seinen Kopf in die Richtung des Weges neigte, der vom Haus zur Hauptstraße führte. Dann drehte er sich um und horchte, ob vielleicht hinter dem Haus etwas war. Wieder nichts. Nicht dass er ein Geräusch erwartet hätte, denn dort war hauptsächlich buschbewachsenes wildes Land mit Kalksteinfelsen und niederen Hügelkämmen. Früher einmal hatte ein richtiger Weg hindurchgeführt bis zu Carter's Spring, einer kleinen Quelle, aber der wurde nicht mehr viel benutzt. Man nannte ihn Pump Road.

Kets bloße Füße auf dem nackten Boden wurden langsam

ziemlich kalt. Noch einmal lauschte er eine Weile angestrengt, dann zuckte er die Schultern und ging zurück ins Bett. Nachdem er sich wieder in die warme Decke eingewickelt hatte, lag er angespannt und hellwach da. Aber jetzt schien das Phantom-Motorrad verschwunden zu sein. Stille herrschte, und langsam fiel Ket in einen tiefen Schlaf.

Am nächsten Morgen kam Ket erst spät zum Frühstück. Er sah verschlafen aus, und er hatte, wie sein Vater es nannte, „einen dicken Kopf". Seine Schuhe hatte er nicht finden können, also war er in Socken zur Küche getapst. Mit warf ihm einen schiefen Blick zu. „Bist wohl verkehrt herum aus dem Bett gefallen, oder was?"
„Sehr witzig!" Ket war nicht in der Stimmung, sich dämliche Bemerkungen von seiner Schwester anzuhören.
Seine Mutter zeigte sich mitfühlend. „Hast du nicht gut geschlafen?", fragte sie.
Ket stocherte mit dem Löffel unlustig in seinem Haferbrei herum. „Nicht mit diesem Motorrad, das mir die halbe Nacht die Ohren vollgeknattert hat."
Sein Vater blickte auf. „Was für ein Motorrad?"
Ket war überrascht. „Hast du es nicht gehört?"
„Nein, ich habe kein Motorrad gehört."
„Aber da war eines, wirklich."
„In welcher Richtung?"
„Das konnte ich nicht herausfinden. War ein ganzes Stück weit weg, und der Motor lief ziemlich gleichmäßig."
„Also nicht so gut zu hören?"

„Doch. Schwach, aber ganz deutlich. Wie eine Schmeißfliege mit Schluckauf."

Sein Vater schnaubte ungeduldig durch die Nase.

„Vielleicht hat einer die Gegend nach Viehdieben abgesucht", sagte Mit.

Ket wandte sich schnell um. „Was für Viehdiebe?"

„Eben kam ein Anruf von Carters", antwortete sein Vater. „Sie haben letzte Nacht zwanzig Kälber verloren."

„Und zwar von der Weide, die direkt vor ihrem Haus liegt", fügte seine Mutter hinzu. „So eine Frechheit."

Kets Vater trank einen großen Schluck Tee. „Das sind jetzt fünf Diebstähle innerhalb eines Monats in dieser Gegend", sagte er. „Es könnten sogar mehr sein. Von manchen wissen wir vielleicht gar nichts."

Ket blickte ihn mit einem zweifelnden Ausdruck im Gesicht an. „Du glaubst doch nicht, dass das Motorrad etwas damit zu tun hat, oder?"

Sein Vater verzog den Mund. „Eigentlich sehe ich keinen Zusammenhang."

Mit erhob sich vom Tisch. „Muss ein toller Anblick sein; so ein riesiger Zuchtbulle auf dem Rücksitz einer Honda." Sie kicherte.

„Ich glaube, wir sollten der Polizei Bescheid geben", sagte ihre Mutter. „Es könnte ein Hinweis sein."

„Wenn ich mir's recht überlege, glaube ich schon, dass man Kälber auf einem Motorrad transportieren könnte", sagte Mit, „wenn es einen Seitenwagen hätte."

Mits komischer Name war keine Abkürzung für „Mitty" oder „Mitford" oder „Mitteldinger", sondern setzte sich aus den Anfangsbuchstaben ihres Namens zusammen – M.I.T., was Mary Irma Tobin bedeutete, so wie Kets Name sich aus Kevin Ernest Tobin ergab. Von Anfang an, wenn andere Leute diese Initialen gesehen hatten, sei es auf dem Schulranzen, auf den Mänteln oder dem Taschenradio oder auf den Federmäppchen, hatten sie einfach daraus einen Namen gemacht. Und so hießen die Tobin-Geschwister „Mit" und „Ket", seit sie denken konnten.

Nur Mrs Tobin war nicht begeistert davon. „Was für ein dummes Zeug", pflegte sie zu sagen und die beiden ausdrücklich und mit einer besonderen Betonung „Mary" und „Kevin" zu nennen. „Und wenn sich jemand erlaubt, meinen Namen zu verstümmeln", gab sie einige Male bekannt, „macht er mit meinem Besen Bekanntschaft." Der Rest der Familie lächelte dann meistens. Sie wussten, dass ihre Taufnamen, Catherine Anne, Cat ergeben hätten, und das bedeutete Katze.

Ket beendete sein Frühstück und entfernte sich, um nach seinen Schuhen zu suchen.

„Beeil dich", rief seine Mutter ihm nach. „Es sind nur noch zehn Minuten, bis der Schulbus kommt."

Und es dauerte nicht lange, da waren es nur noch fünf Minuten und dann vier und drei und zwei. Ket und Mit mussten den Weg zum Eingangstor rennen; Mit voraus mit ihren schlaksigen Beinen, und Ket, der sich stolpernd noch mit seiner Jacke und den Büchern abquälte, hinterher.

Der Bus kam pünktlich angetuckert. Er schwankte über Querrinnen und Wagenfurchen und wich geschickt den knorpeligen Wurzelarmen aus, die hier und dort aus dem

Boden ragten. Die Fahrt ging den Hügeln entlang über holprige Karrenwege zu entlegenen Gehöften, wo andere Kinder zustiegen, bis der Fahrer schließlich die ganze Busladung beisammen hatte, die er am Ende der Strecke in der Kreisschule von Spoonbill Creek wieder loswurde. Dort wartete der Bus dann geduldig den ganzen Tag bis Schulschluss, zusammen mit sechs oder sieben anderen Bussen, mit denen die lärmenden Passagiere wieder nach Hause gebracht wurden. Es war ein verbeulter alter Klapperkasten von einem Bus, leuchtend gelb und orange angestrichen und stolz mit dem Wort SCHULBUS versehen; vorne, hinten und auf beiden Seiten.

„Schulbusse sind die Schandflecken der Natur", pflegte Ket zu sagen. „Sogar die Kühe rennen davon, wenn einer auftaucht."

„Genau wie vor dir und deinem verwilderten Haarschopf", antwortete seine Mutter dann meistens. „Geh endlich wieder mal zum Frisör."

In der Schule verbrachte Ket fast den ganzen Tag mit Donny Henderson und Con Piladous. Sie waren alle drei in derselben Klasse und seit Jahren eng miteinander befreundet. Ket und Con waren vierzehn und Donny dreizehn Jahre alt.
Mit war ein Jahr älter als Ket. Sie hatte ihre eigenen Freunde und Freundinnen, sodass Ket nichts von ihr zu sehen bekam, bis die Schule aus war und der Bus sie wieder nach Hause brachte.
Gleich, als sie an diesem Morgen in der Schule ankamen, er-

zählte Ket Donny und Con von dem Phantom-Motorrad. Natürlich wollten sie alles ganz genau wissen.

„Wann war das?", fragte Donny.

„Ich weiß nicht, vermutlich nach Mitternacht."

„Zwei oder drei Uhr vielleicht?"

„Kann sein."

„Um diese Zeit kann doch niemand mehr unterwegs sein."

„Eben, das meine ich ja auch."

Eine Sekunde lang blieb es still.

„War es ein Zweitakter?", fragte Con.

„Möglich. Schwer zu sagen."

„Jeder kann einen Zweitakter von einem Viertakter unterscheiden."

„Es war ziemlich weit weg und schwach zu hören."

„Ich dachte, du hast gesagt, es war in der Nähe und ganz deutlich."

„Nun, es war schon deutlich, aber doch recht schwach."

„Du solltest dich schon mal entscheiden, finde ich."

Wieder Stille.

„Muss ein Fremder gewesen sein", sagte Donny schließlich.

„Ein Tourist oder einer von einer Motorradbande, der sich verfahren hat", meinte Con.

„Hierher kommen keine Fremden", sagte Ket bestimmt, „und hier gibt's auch keine Touristen oder Motorradbanden."

Wieder Stille, doch diesmal wurde sie plötzlich durch den schrillen Ton der Schulglocke unterbrochen.

„Das ist alles ziemlich rätselhaft", sagte Donny beim Betreten des Schulhauses.

„Was soll daran rätselhaft sein?", lachte Con verächtlich. Ket wandte sich scharf an ihn: „Dann erkläre es doch mal. Wenn es nicht rätselhaft ist, dann kannst du uns ja sagen, was dahinter steckt. Sonst halte lieber deine Klappe!"

Das Schwarze Loch

Ket und seine Familie lebten in der südöstlichen Ecke von Südaustralien. Vor langer Zeit war das Land vom Meer bedeckt gewesen, und in Millionen von Jahren hatten sich Kalksteinlagen gebildet, eine über der anderen, bis sie einige hundert Meter dick waren. Später, als das Meer zurückgegangen war, wurde der Kalk von Sand und Erde bedeckt. Es entstand eine Landschaft aus kahlen Anhöhen, graswachsenen Ebenen und sumpfigen Niederungen, in denen durch die feuchte Erde und die vom Sonnenschein erwärmte Luft eine üppige Vegetation wuchs.

Aber unter der Oberfläche, oft tief, tief unten, gingen seltsame Dinge vor sich. Das Wasser, das durch den Boden sickerte, löste winzige Teilchen des Kalkes auf, sodass sich hier und da kleine unterirdische Löcher bildeten. Mit der Zeit wurden diese größer und größer, manchmal so groß, dass es richtige Höhlen wurden.

Das Wasser, das den aufgelösten Kalk enthält, tropft von der Decke dieser Höhlen und hinterlässt winzige Rückstände. Dies ist alles so eine Art natürliches Wunder, denn dort, wo der Kalk sich einmal festgesetzt hat, löst er sich nicht mehr auf, und so fängt er an, sich zu Wülsten und

Knoten zu formen. Lange Kalksteinfinger wachsen von der Decke nach unten, und andere vom Boden nach oben. Die an der Decke nennt man Deckenzapfen oder Stalaktiten, und die vom Boden in die Höhe wachsenden Bodentropfsteine nennt man Stalagmiten. Beide sind von solch bizarrer Schönheit, dass Leute überallhin reisen, um solche Tropfsteinhöhlen aufzusuchen.

Hier allerdings, in diesem Gebiet haben selbst die Leute, die hier leben und sozusagen auf der Erdoberfläche wandeln, keine Ahnung von den Höhlen unter ihren Füßen. Es sind geheime Grotten, verwunschene Grüfte, wo Stalaktiten und Stalagmiten einander wie fremdartige Blumen in tiefster Dunkelheit entgegenwachsen. Über ihnen mögen Kühe weiden und Getreide wachsen, Pferde umhergaloppieren und Lastwagen die endlosen Straßen entlangdröhnen, niemand weiß von der Existenz dieser bizarren Höhlenwelt.

Manchmal geschieht es, dass ein Farmer, der mit einem Wagen oder einer Karre über seine Wiese fährt, plötzlich spürt, wie die Erde unter ihm bebt und die Räder an den Achsen rütteln. Dann hebt er vielleicht die Brauen, und seine Augen weiten sich, und er sagt: „Der Boden scheint hier hohl zu sein." Und manchmal, wenn ein Mann eine Wasserrinne gräbt oder einen Graben vertieft, stößt er auf Gänge und Risse unter dem Boden. Oder ein andermal bricht er durch die dünne Erdkruste und fällt in eine dunkle Höhle hinein. Dann eilt er davon und erzählt seinen Nachbarn, was ihm widerfahren ist.

Das Land in der Nähe von Spoonbill Creek war von dieser Art. Kets Vater kam oft mit einem bestürzten und nach-

denklichen Ausdruck im Gesicht nach Hause. „Ich bin heute wieder auf hohlen Grund gestoßen", sagte er dann. „Ich vermute, dass da unten Höhlen sind."
„Dann solltest du sie der Öffentlichkeit zugänglich machen", antwortete Mrs Tobin. „Lege elektrisches Licht in der Höhle und zeige sie gegen Eintritt den Touristen."
„Sicher, sicher", erwiderte er jedes Mal unwirsch, „dann könnte jeder wenigstens einmal im Märchenland herumschnorcheln."
Doch es gab noch anderes unter der Erde, das auch durch Zufall entdeckt worden war – tief und eng und dunkel und voller tödlicher Gefahren. Das waren die Höhlen, die ganz oder teilweise mit Wasser angefüllt waren. Es konnte passieren, dass jemand mitten auf einer Weide, am Straßenrand oder in der Nähe einiger Felsbrocken auf ein solches Loch stieß. Einige waren nicht größer als einen Meter im Durchmesser; nur eine Öffnung im Boden, in der sich ein kleiner Tümpel gebildet hatte. Wie eine Quelle. Aber die, die den Wagemut und die Dummheit besaßen, unter die kleine, spiegelglatte Wasseroberfläche zu tauchen, stießen in eine oft unheimlich anmutende Welt vor: ausgedehnte Höhlen, in ihren Ausmaßen größer als versunkene Kathedralen; Bergkegel und Türme, die sich aus der tiefen Dunkelheit wie Gebirge erhoben, aus unterirdischen Seen, die sich scheinbar ins Unendliche erstreckten, außerhalb jeder Reichweite eines menschlichen Tauchers.
Diese mit Wasser angefüllten Grotten sind gefährliche Orte. In manchen sind die Wände mit Schlamm überzogen wie mit einem Film aus Unterwasserstaub, so fein, dass der

Schlag einer Schwimmflosse ihn aufwirbeln kann und der Taucher im nächsten Moment jeglicher Sicht beraubt ist. Der Taucher irrt dann blind in einer gewaltigen Wolke herum, ohne jede Hoffnung, den Rückweg zu finden. In manchen Höhlen führt der Kamin wie ein Bergwerkstollen in die Tiefe, so eng, dass ein Taucher kaum ausreichend Platz hat, sich zu bewegen. In anderen Höhlen findet er sich plötzlich in so verworrenen Gängen und Gewölben wieder, dass man in Sekundenschnelle die Orientierung verlieren kann. Und dann gibt es noch die Höhlen, in denen der Einstiegskamin ohne Übergang in Hallen und Paläste führt, die kein Ende zu nehmen scheinen.

Natürlich stößt man ab und zu auch auf offene Wasserlöcher, die einen viel freundlicheren Charakter haben. Das sind Tümpel, Teiche und Seen, in denen sich der Himmel spiegelt. Hier kann ein Taucher nach Herzenslust herumschnorcheln. Da das Wasser in diesen Teichen kaum mehr als fünf oder sechs Meter tief ist, gibt es keine größeren Gefahren, als dass man sich im Schilf verfängt oder von einer Wasserschlange gebissen wird.

Ket und Mit liebten es, sich in solchen Gewässern herumzutreiben. Sie waren beide sehr gute Schwimmer, und ihr Vater hatte ihnen gezeigt, wie man Schnorchel, Taucherbrillen und Pressluftanks benutzt. Er war ein strenger, außerordentlich sorgfältiger Lehrer. Früher einmal hatte er Froschmänner bei der Marine ausgebildet, und er erwartete auch von seinen Kindern unbedingten Gehorsam.

„Nur ein kleiner Fehler", warnte er immer wieder, „und du bist tot wie eine Makrele." Und ein wenig später fuhr er dann fort: „Und es geht nicht nur um dein eigenes Leben. Aller Voraussicht nach wirst du auch deine Kameraden mit in die Tiefe nehmen."

Obwohl er selbst Tauchergruppen in ein oder zwei der Höhlen geführt hatte, warnte er Ket und Mit eindringlich, jemals auch nur in ihre Nähe zu gehen. „Diese Löcher sind kein Platz für euch beide", pflegte er zu sagen. „Sie sind für nichts und niemanden gut, nicht einmal für Fische."

Fünf oder sechs der Wasserhöhlen hatten einen Furcht erregenden Ruf. Einige lagen ganz in der Nähe, andere im Süden, näher am Mount Gambier, und ein paar befanden sich außerhalb der Staatsgrenze in Victoria. Die gefürchtesten hatten unheimliche Namen: *Der Sarg. Die Rattenfalle. Das Höhlenloch. Der Kerker. Das Burgverlies.* Und die *verkorkte Flasche*. In allen hatten Taucher während der letzten zwanzig Jahre auf die eine oder andere Weise den Tod gefunden.

Zwei der übelsten Höhlen lagen ganz in der Nähe: das *Schwarze Loch* auf Carters Weide und *Chadwick's Chimney*, auch einfach *Kamin* genannt. Letzterer lag so dicht bei der Straße, dass man beim Vorbeifahren den oberen Rand sehen konnte. Das *Schwarze Loch* hatte erst kürzlich drei junge Taucher verschlungen, zwei Männer und eine Frau aus Sydney. Deren Leichen waren immer noch nicht geborgen, trotz vieler mutiger Versuche durch das Unterwasser-Rettungskommando der Polizei. Manche Leute glaubten, dass der *Kamin* und das *Schwarze Loch* mit einer verwirrenden Vielzahl von Gängen, Höhlen und Schächten untereinander verbunden seien. Sie lagen nur ein paar hundert

Meter voneinander entfernt, und beide waren noch nicht genau erforscht.

Der Wasserspiegel im *Schwarzen Loch* befand sich sehr nahe an der Erdoberfläche, aber im *Kamin* lag er in sechs oder sieben Metern Tiefe im engen Hals des Stollens. Vermutlich war das so, weil sich das Land allmählich zu Carters Ridge anhob, einem Kalksteinkamm, der bei Carters Farm anfing, die Pump Road entlangführte, sich in die Tobin-Weide hineinzog und im Gestrüpp dahinter endete. Der tief liegende Wasserspiegel machte *Chadwick's Chimney* umso gefährlicher, denn selbst wenn es einem Taucher gelungen wäre, aus der Tiefe seinen Weg zum Eingang zurückzufinden, hätte er sich erst an der altersschwachen Leiter, die dort angebracht war, im engen Hals hochziehen müssen, bevor er wieder auf sicherem Boden gestanden hätte. Sogar die erfahrensten und besten Taucher fürchteten den *Kamin*.

Es war das *Schwarze Loch*, das nur ein, zwei Tage nach der Geschichte mit Kets Phantom-Motorrad wieder einmal Aufsehen erregte. Vier Uhr am Nachmittag. Der Schulbus befand sich auf dem Weg nach Hause. Als er um eine Kurve bog, sahen die Kinder plötzlich, dass auf Carters Weide etwas los war. Ein Polizeiauto stand in der Nähe des *Schwarzen Loches*, und drei oder vier weitere Wagen parkten daneben. Eine kleine Gruppe Leute stand dicht dabei. Andy Smith, der Busfahrer, fuhr langsamer.

„He", rief er. „Was ist los hier?"

„Irgendwas mit dem *Schwarzen Loch*", sagte Mit, die direkt hinter ihm saß. „Hoffentlich nicht wieder ein Unfall."
Andy hielt den Bus an und schaute einen Augenblick von seinem Sitz aus hinüber.
„Dürfen wir rausgehen?", fragte Ket.
„Nein, ihr dürft nicht", antwortete Andy bestimmt.
Ket versuchte es noch einmal. „Vielleicht können wir helfen."
„Aber natürlich", schmunzelte Andy, „so ein paar Experten wie ihr beiden, das ist es genau, was die Polizei jetzt braucht."
Ket war gekränkt. „Wir würden sicher niemanden behindern", sagte er.
Die Leute, die in der Nähe der Polizeiautos herumstanden, waren ungefähr hundert Meter vom Zaun entfernt. In diesem Moment drehte sich einer von ihnen um und kam zum Bus herüber. Es war Peter Carter, dessen Vater die Farm gehörte. Andy drehte das Fenster an seiner Seite herunter.
„Was ist los?", fragte er.
„So wie es aussieht, wieder ein Unfall", antwortete Peter. Er kam zum Zaun und stützte sich mit den Armen auf einen Pfosten. „Zwei junge Schnaufer aus Melbourne. Sie sind kurz nach dem Mittagessen vorbeigekommen. Sie sagten, sie wollten auf eigene Faust da runter gehen. Seitdem hat sie niemand mehr gesehen!"
„Ach du meine Güte!"
Alle im Bus saßen wie vom Schlag getroffen da.
„Hast du mit ihnen gesprochen?"
„Vater hat mit ihnen geredet. Sie kamen am Haus vorbei

und fragten, ob sie ins *Schwarze Loch* hinuntergehen könnten."

„Er hätte Nein sagen sollen."

„Sicher. Aber sie sagten, sie wären gute Taucher."

„Das sagen sie immer."

Für eine Weile war es still.

„Das ist nichts zum Tauchen – diese Höhlen", sagte Andy. „Ich habe es einmal versucht, aber nie wieder."

„Nein? Warum nicht?"

„Man verliert den Verstand und geht leicht zu tief. Dann kriegt man den Tiefenrausch."

„Ja?"

„Der Stickstoff, der sich im Blut bildet, greift das Gehirn an. Man meint, im Himmel zu sein oder in der Luft zu schweben und denkt nicht mehr an die Gefahren. Es ist einem auch alles völlig gleichgültig, weil es ein so schönes Gefühl ist."

„Was soll an einer Höhle voll Wasser schon schön sein. Ich kann da nichts dran finden."

„Es ist aber so, wenn du erst mal in der Tiefe bist."

„Ist doch nur ein dunkles Loch. Das kann dich höchstens zum Gruseln bringen", entgegnete Peter.

„Nicht wenn du den Tiefenrausch kriegst. Du gehst immer weiter runter, tiefer und tiefer. Und dann ist es aus mit dir. Du verlierst die Besinnung und säufst zum Grund ab wie ein Stück Dreck. Und dann zerquetscht dich der Wasserdruck."

Durch Andys Geschichte erschreckt, starrten alle im Bus gebannt zum *Schwarzen Loch* hinüber.

„Was machen denn jetzt die ganzen Leute dort drüben?", fragte Andy kopfschüttelnd.
„Warten."
„Kommt noch mehr Polizei?"
„Ja. Das Unterwasser-Rettungskommando. Such- und Rettungstrupp."
„Wird noch 'ne lange Zeit dauern. Die müssen doch aus Adelaide herkommen."
„Ja. Sie wollten, dass Bernie Tobin runtergeht. Kets Vater. Er war doch bei der Marine."
„Der ist gut. Aber du wirst es nie erleben, dass er allein runtergeht. Der hält sich an die Regeln."
„Das ist wahr."
Ket konnte nicht mehr länger ruhig sitzen bleiben und zuhören, wie sie über seinen Vater redeten. „Selbst wenn du einen ganzen Trupp dabei hast, kannst du nicht einfach runtergehen. Zuerst musst du die Ausrüstung überprüfen. In aller Ruhe und sehr genau. Sagt Vater immer."
Mit rutschte auf dem Sitz hinter Andy hin und her. Sie wurde immer verlegen, wenn Leute über ihren Vater und ihre Mutter redeten, selbst wenn es nur Gutes war, das sie sagten.
„Ich geh jetzt besser wieder", sagte Peter Carter.
Andy drückte den Startknopf. „Ich fahre auch los. Sonst quaken alle Muttis im Distrikt nach ihren verlorenen Entlein."
Ket blies die Luft durch die Nase, und Mit beugte sich über Andys breiten Rücken auf dem Führersitz vor. „Und was ist mit Ihnen?"

„Ich werde auch angequakt – von meiner Frau." Mit einem Ruck legte er den Gang ein. „Ich bin ihr hässliches Entlein, aber sie hofft immer noch, dass sie mich eines Tages in einen stolzen Schwan verwandeln kann." Er ließ den Motor aufheulen, und der Bus rumpelte die Straße entlang.

Die Kinder beachteten ihn nicht mehr. Sie alle dachten an das *Schwarze Loch* und seine unendliche Dunkelheit, in der zwei junge Taucher vielleicht für immer verschwunden waren.

„Was passiert mit ihren Sachen?", fragte Mit plötzlich laut und schaute zurück. „Wer kümmert sich um all das?"

„Die Polizei", antwortete Andy. „Besonders um das Motorrad."

Ket setzte sich steil auf. „Motorrad? War da ein Motorrad?"

„Ja, ich sah eines dort hinten liegen, und das kann nur ihnen gehört haben." Andy blickte in den Rückspiegel und hob seine breiten Schultern. „Was ist so Besonderes an einem Motorrad?"

Ket hörte ihn nicht. Er schaute mit abwesendem Blick aus dem Busfenster und versuchte sich in Erinnerung zu rufen, wie das Motorrad geklungen hatte.

Die Unterwelt

An diesem Abend redete man zu Hause über nichts anderes. Kets Mutter und Vater saßen vor dem Radio und lauschten gespannt den Abendnachrichten. Aber es wurden keine Einzelheiten gemeldet. Keine Namen, keine Adressen, nichts über eine Rettung, nichts davon, ob man die Leichen geborgen hatte oder nicht. Es blieb nur die Tatsache, dass zwei junge Burschen gesagt hatten, sie wollten in die Höhle hinuntergehen, und seitdem verschwunden waren.

„Man sollte das *Schwarze Loch* mit Erde auffüllen", sagte Mrs Tobin. „Es ist so schrecklich, nur daran zu denken, wie stockdunkel es dort sein muss, und so tief, dass noch nie jemand bis zum Grund vorgedrungen ist."

„Das wäre vielleicht 'ne Arbeit, wenn man das alles zuschütten wollte", sagte Ket. „Da könnte man 'nen ganzen Berg reinwerfen."

Seine Mutter schüttelte den Kopf. „Ich kann mir gar nicht vorstellen, wie das ist."

„Ein riesiges Loch voller Wasser, mit einem Dach darüber", sagte Mr Tobin schlicht. „Wie eine gigantisch große Flasche mit einem aufgequollenen Bauch und einem sehr engen Hals."

„Was ich nicht ganz begreifen kann", sagte Ket langsam, „ist die Tatsache, dass einige Höhlen voller Wasser sein sollen und andere nicht."

„Das hängt vom Grundwasserspiegel ab", antwortete sein Vater. „Einige Höhlen befinden sich über dem Niveau des Wasserspiegels, und darum sind sie trocken. Andere sind nur teilweise angefüllt, und die Wasserhöhe steigt und fällt gewöhnlich mit der Jahreszeit. Und dann gibt es noch welche, die vollständig unter Wasser sind."

„Und alle sind sie innen stockdunkel", sagte Mit.

Ihr Vater nickte. „So dunkel wie die Nacht, außer wenn zufällig ein Sonnenstrahl durch den engen Hals fällt."

Mrs Tobin erschauderte. „Stell dir nur vor, in so etwas eingeschlossen zu sein."

„Selbst wenn du noch genügend Luft hast, dreht man wahrscheinlich durch", sagte Ket.

„Es muss wie in der Unterwelt sein", meinte Mit sinnend. Sie sah den Ausdruck auf dem Gesicht ihres Bruders und fügte düster hinzu: „Plutos Unterwelt."

„Ich weiß", sagte Ket. „Das war der, der mit Donnergebrüll aus der Erde kam und sich ein Mädchen schnappte, nur weil es Blumen ausriss. Ich glaube, Perserfere hieß sie."

Mit korrigierte ihn spöttisch: „Persephone, du ungebildeter Heini."

„Ach, eben so ähnlich", wehrte er ab. Dann warf er Mit einen neckenden Blick zu. „Renn lieber nicht draußen herum und pflücke Blumen, Schwesterchen. Dieser Pluto könnte jederzeit wieder zuschlagen."

„Wenn du nichts Vernünftiges zu sagen weißt, dann schweig

lieber", fuhr Mr Tobin kühl dazwischen. Er war ein ernster Mann, der Disziplin und Gehorsam verlangte.

Ket nahm die Knie bis an sein Kinn hoch und presste seine Lippen zu einem schmalen Strich zusammen. Er verstand sich nicht sehr gut mit seinem Vater, obwohl er ihn auf eine vorsichtige Art respektierte und bewunderte. Sein Vater war ein harter Mann, und er verlangte viel. Ket nahm das Leben eher von der leichten Seite. Er hörte oft mitten in einer Tätigkeit auf, um sich spontan etwas anderem zuzuwenden. Sein Vater hingegen hörte niemals mit etwas auf, bevor er es nicht für vollkommen hielt. „Wenn etwas wert ist getan zu werden", sagte er oft, „dann ist es auch wert, gut getan zu werden. Bei der Marine hing oft das Leben eines Mannes davon ab."

Sobald es möglich war, verschwand Ket in sein Zimmer und ging zu Bett. Es war ein langer Tag gewesen, und er war müde. Er hörte noch eine Weile die anderen im Haus umhergehen, doch nach ein paar Minuten war er eingeschlafen.

Es musste eine lange, lange Zeit vergangen sein. Ganz schwach, noch im Halbschlaf, vernahm Ket ein Geräusch. Zuerst war es noch ein Teil der Traumwelt, die ihn umgab, und er war zu benommen, um etwas richtig wahrzunehmen. Er drehte sich auf die andere Seite, krümmte sich mit angezogenen Knien zusammen und zog die Bettdecke bis zu seinen Ohren hoch. Kurze Zeit lag er still da, schon wieder halb im Schlaf.

Doch das Geräusch war unverändert da, beharrlich und bohrend.

Mit einem Mal wurde ihm bewusst, was er hörte, und er war hellwach. Er lag angespannt da, den Kopf auf dem Kissen. Lauschend. Rat-tat-tat. Da war es wieder, das Phantom-Motorrad.

Eine Sekunde lang saß er aufrecht im Bett. Dann sprang er mit einem Satz heraus und eilte zum Fenster. Nichts. Nichts als Schatten und in Mondlicht gehüllte Wolken.

„Ein Geistermotorrad", sagte er vor sich hin. „Der Fliegende Holländer auf einem Zweitakter." Still stand er da. Seine Haut prickelte unangenehm. Das Wort Geist verursachte ihm plötzlich eine Gänsehaut. Er tapste zu seinem Bett zurück. Ganz deutlich war das Geräusch zu hören.

Der muss in der Luft herumreiten wie eine Hexe auf dem Besenstiel, dachte er. Er kroch unter die Bettdecke und legte sich auf die Seite, presste den Kopf tief ins Kissen. Rat-tat-tat. Es war wirklich ein Zweitakter, der ganz ebenmäßig lief.

Jetzt, wo er so hellwach und aufgedreht war, konnte Ket das Rattern nicht mehr aus den Ohren kriegen. Er versuchte, wieder einzuschlafen, aber es war unmöglich. Er warf sich herum, lag mal auf dieser, dann auf jener Seite, drehte sich auf den Bauch und auf den Rücken, zog die Beine an wie ein Frosch und streckte sie mit einem schnellen Ruck wieder aus, und schließlich steckte er sogar den Kopf unter das Kissen. Es hatte keinen Zweck. Das Phantom-Motorrad war überall – unter dem Bett, an der Decke, in seinen Betttüchern, in seinen Ohren, in seinem Haar.

Schließlich meinte er, es nicht mehr länger ertragen zu können. Er musste es seinem Vater und seiner Mutter sagen,

entweder das, oder er würde verrückt werden. Er schaltete das Licht an, öffnete die Tür und eilte den Gang entlang zum Zimmer seiner Eltern. Aber als er dort angelangt war, kam er sich richtig kindisch vor. Unsicher stand er vor der Tür. Sollte er anklopfen oder auf den Zehenspitzen wieder in sein Zimmer schleichen? Er war noch immer unentschlossen, als sich plötzlich die Tür öffnete und das Gesicht seiner Mutter direkt vor seiner Nase auftauchte.
Ein paar Sekunden lang bereitete es ihr Schwierigkeiten, ihn in dem Dämmerlicht wahrzunehmen, aber sie schien seine Gegenwart zu fühlen. „Bist du das, Kevin?"
„Ja, Mama."
„Was ist los mit dir? Hast du dich gefürchtet?"
Sie trat jetzt neben ihn und schaute bekümmert den Gang auf und ab. „Du bist doch nicht krank, oder? Lass mich deine Stirn fühlen." Ihre Stimme klang sorgenvoll.
„Nein, nein. Ich bin in Ordnung."
„Bist du sicher? Lass mich mal sehen."
„Ich bin in Ordnung. Wirklich."
Sie hielt seinen Kopf in ihren Händen, und er versuchte ungeschickt, sich zu befreien. Dann, so plötzlich, dass sie beide überrascht erstarrten, dröhnte eine laute Stimme durch die Türöffnung.
„Ist was da draußen? Was zum Teufel ist los?"
Es war sein Vater.
Betretene Stille. Selbst Kets Mutter verschlug es die Sprache. Ket stand mit gesenktem Kopf da. Er konnte den Ärger seines Vaters am Klang der Stimme hören.
„Will mir vielleicht einer mal sagen, was hier los ist?"

Seine Mutter wandte sich der offenen Tür zu. Ket war ihr sehr dankbar dafür. Wahrscheinlich war ihr auch unbehaglich zu Mute, aber wenn sie fühlte, dass es ihre Pflicht war zu handeln, hatte sie selbst vor Monstern und Seeschlangen keine Angst mehr.

„Ich habe gehört, dass Kevin aufgestanden ist", sagte sie ruhig. „Und ich dachte, er könnte krank sein."

„Und? Ist er krank?"

Nun stand Kevin seiner Mutter bei. „Nein, ich bin nicht krank, Vater. Es ist nur so, dass ich dieses …"

„Was zum Teufel trampelst du dann hier mitten in der Nacht herum, wenn normale Leute schlafen?"

„Es ist wegen dieses …"

Bevor er weiterreden konnte, wurde er zum zweiten Mal unterbrochen. Dieses Mal war es Mit. „Was soll denn der ganze Klamauk? Da kann ja kein Mensch schlafen!"

Ket holte ärgerlich Luft. „Ich bin eben dabei, allen zu erklären, dass ich wieder dieses Motorrad gehört habe", sagte er laut.

„Was für ein Motorrad?", riefen alle drei im Chor.

„Das Phantom-Motorrad", stieß Ket hervor.

„Das was?" Sein Vater sagte es so heftig und zugleich zweifelnd, dass es Ket Leid tat, nicht in seinem Zimmer geblieben zu sein. Aber da er nun einmal hier war, den bohrenden Fragen ausgesetzt und mit Unglauben konfrontiert war, musste er sich zusammenreißen.

„Ich meine das", sagte er, „von dem ich schon beim Frühstück erzählt habe."

„Was ist damit?", beharrte sein Vater streng.

„Heute Nacht ist es wieder da. Ganz deutlich."
„Woher willst du das wissen?"
„Weil ich es hören kann. Es hat mich die ganze Nacht fast verrückt gemacht."
„Ich kann überhaupt nichts hören", sagte sein Vater und stellte sich wie ein wütender Bulle in Position, um zu lauschen.
„Ich auch nicht", sagte Mit.
„Nicht hier im Gang", sagte Ket hastig. „Kommt doch in mein Zimmer, und ihr werdet sehen."
„Wir möchten nichts sehen, wir möchten es hören", antwortete Mit.
„Sehr witzig." Er führte sie hinüber in sein Zimmer und wartete an der Tür, bis sie alle drinnen waren. „So, jetzt hört mal. Es ist wie ein weit entfernter Zweitakter, aber so klar wie eine Glocke."
Alle warteten mit einem angespannten Ausdruck in ihren Gesichtern. Zehn Sekunden verstrichen. Zwanzig Sekunden.
„Ich kann nichts hören", sagte Kets Vater barsch.
Mit schüttelte den Kopf. „Ich auch nicht."
„Das ist komisch", sagte Ket, und er fühlte sich ganz und gar nicht wohl in seiner Haut. Mit schief gelegtem Kopf ging er durch das Zimmer. „Es klang so klar wie eine Gl…"
„Wenn das eine Art Witz sein soll", erwiderte sein Vater finster, „kannst du gleich deine Glocke kriegen, mein Junge, aber so, dass sie dir gewaltig in den Ohren klingelt."
„Ehrlich. Garantiert! Es stimmt." Ket wurde langsam richtig wütend. Er ging zu seinem Bett hinüber und hielt seinen

Kopf in verschiedene Richtungen. Dann legte er ihn auf die Matratze, und schließlich warf er sich auf das Bett. Kein Ton. Nichts. Er setzte sich wieder auf, schüttelte ratlos den Kopf.

Mitleidig und verblüfft beobachteten ihn die anderen eine Zeit lang. Schließlich ging seine Mutter zu ihm und zog das Bettzeug zurecht.

„Ich glaube, es ist besser, wenn du dich wieder hinlegst, Spatz", sagte sie sanft.

Ket hörte kaum zu. „Es war zu hören, vor ein paar Minuten", beharrte er verzweifelt. „Ich sag's euch! Es war wirklich zu hören!"

„Genauso war das mit Tante Griselda", sagte sein Vater mit beißendem Spott in der Stimme. „Bis sie uns schließlich auf ihrem Besenstiel entflog."

„Ich lüge nicht. Ganz bestimmt. Glaubt mir doch. Stundenlang. Es hat mich fast verrückt gemacht!" Ket war den Tränen nahe. Seine Stimme bebte und überschlug sich. „Es ist die Wahrheit. Es ist die absolute Wahrheit."

„Natürlich", besänftigte ihn seine Mutter. „Leg dich wieder ins Bett und versuch es zu vergessen."

Ket war verzweifelt. „Warum hätte ich denn so etwas erfinden sollen?"

Mit schaute ihren Bruder an, und plötzlich tat er ihr Leid. „Es hat wahrscheinlich aufgehört", sagte sie ruhig. „Vielleicht ist es davongefahren."

Ket legte sich langsam zurück. Eine Träne glitzerte auf seiner Wange.

„Ihr glaubt mir nicht. Keiner von euch."

Seine Mutter zog ihm liebevoll die Decke über die Schultern. „Nun beruhige dich wieder und schlafe."
„Ihr glaubt mir nicht." Ket drehte sein Gesicht zur Wand und drückte seine Wange tief ins Kissen. „Ihr glaubt mir nicht." Ein Kloß steckte in seiner Kehle, und er fühlte sich gekränkt und betrogen.
„Gute Nacht, Spatz. Schlaf gut", sagte seine Mutter. „Ich lasse die Tür offen, falls du es noch einmal hörst."
Ket wusste, dass es jetzt nicht mehr zu hören sein würde. Für diese Nacht war es vorbei. Aber er vernahm noch, wie seine Eltern miteinander redeten, während sie ins Bett gingen.
„Wir müssen ihn mal zum Arzt bringen", brummte sein Vater, „scheint ganz schön durcheinander zu sein, wenn er schon Dinge hört."
„Er ist in Ordnung." Wie immer versuchte seine Mutter, ihn in Schutz zu nehmen. „Er hatte wahrscheinlich einen Albtraum – unser Spatz ist halt immer noch ein wenig ängstlich im Dunkeln."
Sein Vater knurrte: „Ein Junge in seinem Alter! Ich habe schon Traktoren gefahren, als ich zwölf war."
„Schon gut. Nun leg dich wieder schlafen, sonst laufen wir morgen alle mit einem dicken Kopf herum."
Ket hörte alles. Das Blut schoss ihm in den Kopf, und seine Wangen brannten. Und das Herz schlug ihm bis zum Hals. Er rollte sich ganz eng zusammen. In das Haus und die ganze weite Welt war wieder Ruhe eingekehrt. Es gab kein mysteriöses Motorrad mehr. Nichts. Nirgendwo.

Tiefenrausch

Am nächsten Tag schwirrten die wildesten Gerüchte in der Schule umher. Con Piladous und Hoppy Hopkins schienen am meisten zu wissen: Die Polizei habe alle Hoffnung aufgegeben, die beiden Taucher im *Schwarzen Loch* noch zu finden, berichtete Con, und das Unterwasser-Rettungskommando sei nach Adelaide zurückgefahren. Man rede davon, um das *Schwarze Loch* herum einen Zaun zu errichten und jedermann zu verbieten, in seine Nähe zu gehen.

„Ich möchte gern wissen, wer sie waren", sagte Ket. „Aus Melbourne kamen sie, nicht?"

„Einer von ihnen war Brian Bissey", antwortete Con.

„Brian Bissey? Der Junge, der in der Nähe von Carters wohnte?"

„Ja. Er wohnte dort bis vor ein paar Jahren. Dann ging er nach Melbourne."

„Wieso ist er dann wieder hierher zurückgekommen? Um im *Schwarzen Loch* zu tauchen?"

„Wer weiß."

Niemand wusste eine Antwort, und alle wandten sich Donny Henderson zu, der ein ganz neues Gerücht zum Besten gab: Ein Lieferwagen sei dort, an der besagten Stelle, außer Kontrolle geraten. Und zwar nachts, Anfang der Woche, erzählte er. Dann sei er durch den Zaun gefahren und in *Chadwick's Chimney* gefallen.

Ket höhnte: „So ein Quatsch. Der Hals im Kamin ist doch viel zu eng. Da kann man ja nicht mal 'ne Schubkarre runterstoßen."

„Na, kann sein, er ist nicht ganz runtergefallen. Aber wenigstens beinahe."

„Das kannst du deiner Großmutter weismachen. Du denkst dir wieder Geschichten aus!"

Donny war beleidigt. „Das haben sie erzählt. Es stammt ja nicht von mir."

„Wer hat es erzählt?"

„Alle."

Ket spottete: „Der Kamin befindet sich gleich neben unserer Pferdekoppel, und wir haben nicht ein Wort davon gehört."

Aber Hoppy Hopkins, der eine besonders gute Nase für Neuigkeiten hatte, stimmte Donny zu. „Es ist wahr", sagte er. „Das ist Sonntagnacht passiert."

Ket fuhr im selben spöttischen Ton fort: „Und warum haben wir dann bis jetzt noch nichts davon gehört?"

„Soviel ich weiß, war sogar jemand dort und hat es gesehen."

„Das stimmt. Knuckles Harding hat es auf dem Weg zur Arbeit am Montag früh beobachtet. Aber er hat bis gestern nichts davon verlauten lassen."

„Was hat er gesehen?"

„Einen Lieferwagen, der umgekippt in der Wiese lag."

Ket konnte sich das Lachen nicht mehr verkneifen. „Ich habe gedacht, er wäre in den Kamin runtergefallen?"
Hoppy versuchte, etwas Klarheit in die Sache zu bringen: „Nein, Donny hat da nicht Recht. Es war so: Der Fahrer hat die Kontrolle über seinen Wagen verloren und ist durch den Zaun gerast, über den Kamin hinweggerollt, und dann hat sich das Auto überschlagen. Er ist nicht runtergefallen; das ist nicht gut möglich."
„Natürlich nicht", gab Ket zurück. „Das will ich euch ja schon die ganze Zeit beibringen." Er blickte Hoppy argwöhnisch an. „Warum hat das sonst niemand gesehen?"
„Das ist eben das Komische daran", sagte Hoppy. „Als Knuckles früh am Morgen dort vorbeikam, versuchten zwei Burschen, den Wagen wieder auf die Räder zu stellen."
„Sie waren also nicht verletzt?"
„Bestimmt nicht. Und als Knuckles später wieder dort vorbeifuhr, war nichts mehr zu sehen. Der Lieferwagen war weg, der Zaun geflickt und alles tipptopp in Ordnung."
„Das reinste Wundermärchen", sagte Ket. „Knuckles kann ja nicht mal 'nen Lieferwagen von 'nem Kühlschrank unterscheiden, zumindest nicht in der Morgendämmerung. Wahrscheinlich war es Carters alter Bulle."
„Ganz sicher nicht", antwortete Hoppy ernsthaft. „Knuckles erkannte einen der Männer."
Ket hob die Augenbrauen. „Oh, und wen?"
„Brian Bissey."
„Blödsinn. Bist du sicher?"
„Knuckles ist sicher."
„Der kommt aber rum, dieser Bissey", sagte Ket sarkas-

tisch. „An einem Tag überschlägt er sich über dem Kamin, und am nächsten geht er ins *Schwarze Loch* runter."
„Stimmt."
Sie standen eine Zeit lang still da und hingen ihren Gedanken nach. Schließlich ging Ket weg, um sich etwas zu trinken zu holen. „Irgendwie ergibt das keinen Sinn", sagte er nachdenklich vor sich hin.
Die Kinder in der Schule waren nicht die Einzigen, die sich mit den Gerüchten befassten. An diesem Abend kam auch Kets Mutter mit Neuigkeiten nach Hause.
„Dort drüben wimmelt es von Polizeiautos aus Victoria", sagte sie.
„Aus Victoria?", fragte Mr Tobin. „Was zum Teufel machen die denn hier in Südaustralien?"
„Scheint eine geheime Sache zu sein. Ich habe Sergeant Evans getroffen, aber er hat keinen Ton rausgelassen."
„Es muss einen besonderen Grund dafür geben", erwiderte Mr Tobin.
„Ich bin sicher, dass es einen gibt. Die Gerüchte schwirren herum wie Fledermäuse."
„Was für Gerüchte?"
„Von einem gestohlenen Lieferwagen aus Melbourne und von einer Jagd mit der Polizei und von geklauten Waren."
„Einbrecher, die nach Südaustralien entflohen sind?"
Ket konnte seine Zunge nicht mehr länger im Zaum halten.
„Das stimmt", sagte er. „Sie fuhren mit dem Lieferwagen durch den Zaun bei *Chadwick's Chimney*."
Seine Mutter starrte ihn an. „Wo um Himmels willen hast du diese Geschichte her, Kevin?"

„Von Donny Henderson und Hoppy Hopkins."
Mr Tobins Schultern schüttelten sich vor Lachen. „Das heißt, dass sie sicherlich direkt vom Polizei-Hauptquartier kommt."
Mit sah, wie Ket errötete, und sie musste an die vergangene Nacht denken und daran, wie sehr er wegen der mitternächtlichen Motorrad-Geschichte verletzt gewesen war.
„Ich habe heute dieselbe Geschichte gehört", bestätigte sie.
Ihr Vater lachte noch immer. „Auch von Donny und Hoppy?"
Mit gab keine Antwort. Stattdessen sagte sie: „Sie haben den Zaun eingerissen; sie müssen ins Schleudern geraten sein und sind dann umgekippt."
„Dann hoffe ich, dass sie den Zaun wieder repariert haben", antwortete ihr Vater. „Der befindet sich nämlich haargenau auf meiner Grenze."
„Sie sind direkt über den Kamineingang gerollt." Mit hatte die Augen vor Aufregung weit aufgerissen. „Stell dir nur mal vor, wenn die Türen aufgegangen wären, hätte es zweimal plumps gemacht, und sie wären glatt in den Kamin gefallen."
„Dann hätte es ja noch zwei weitere Ertrunkene gegeben", sagte ihr Vater spöttisch. „Zwei im *Schwarzen Loch* und zwei im *Kamin*."
Ket wollte eben hinzufügen: „Vielleicht waren es dieselben", aber er biss sich diesmal auf die Zunge. Er wollte nicht, dass sich sein Vater auch noch über die Geschichte mit Brian Bissey lustig machte.
Eine Weile war es still.

„Die Chance, dass so etwas passiert, ist eins zu einer Million", sagte Kets Mutter plötzlich.

„Dass was passiert?"

„Dass ein Auto eine offene Höhle überrollt und nichts passiert."

„Oh, ich weiß nicht, das ist nicht so sicher." Mr Tobin schaute sich nach einem Bleistift um, um das Kreuzworträtsel in der Zeitung fertig machen zu können. „Vor einigen Jahren haben drei Forscher in der Antarktis ihren Schlitten in einen Toboggan umgewandelt, indem sie die Kufen entfernten. Dann sind sie mit hundert Stundenkilometern einen Gletscher hinuntergerast. Sie sausten auf eine große Schlucht zu, hunderte von Metern tief. Rabenschwarz war es da unten, aber sie hatten ein solches Tempo, dass sie glatt darüber hinwegflogen. Sekundenlang schwebten sie einfach durch die Luft."

Mrs Tobin hörte nicht gern derartige Geschichten, sie regten sie zu sehr auf. „Sie hätten in die Schlucht fallen können und wären dann für ewige Zeiten verschollen gewesen, ohne auch nur eine Spur zu hinterlassen."

„Aber das sind sie ja eben nicht", sagte Ket.

„Diese angeblichen Burschen mit dem Lieferwagen hätten in den *Kamin* hinunterfallen können", fügte sein Vater mit einem Zwinkern im Auge hinzu, „aber sie sind es auch nicht."

Nach dem Tee machten es sich alle im Wohnzimmer bequem, um zu lesen oder sonst einem Zeitvertreib nachzugehen. Auf der ersten Seite der Zeitung war ein langer Artikel über das *Schwarze Loch* und die Gefahren des unterirdischen Tauchens. Das genügte, um Mr Tobins Temperament auf Touren zu bringen.

„Manche Leute sind Idioten", sagte er. „Reine Idioten."

„Du meinst, weil sie sich da unten verirren?", fragte Mit.

„Sie bleiben zu lange unten, verirren sich, die Pressluft geht ihnen aus, sie bleiben zwischen den Felsen stecken ... einfach alles." Mr Tobin hielt inne. „Und vor allem gehen sie zu tief runter. Das ist es, was den meisten zum Verhängnis wird."

„Kriegen sie Muskelschmerzen?"

„Sie kriegen Muskelschmerzen und noch Schlimmeres."

Ket schob sein Buch beiseite. Er liebte es, seinem Vater zuzuhören, wenn dieser von gefährlichen Missionen bei der Marine erzählte oder sich über die Gefahren des unterirdischen Tauchens ausließ. „Was passiert tatsächlich, wenn man zu tief runtergeht?"

„Der Wasserdruck wird ungeheuer groß."

„Und was geschieht dann?"

„Verschiedene Dinge. Man fängt an, doppelt so viel Pressluft zu verbrauchen, ja drei-, viermal so viel wie nahe der Oberfläche. Und immer mehr Stickstoff löst sich im Blut auf."

Mrs Tobin wurde es ganz unheimlich zu Mute, allein schon vom Zuhören. „Das klingt ja schrecklich", sagte sie.

„Es wird erst schrecklich, wenn man zu schnell auftaucht. Der Stickstoff bildet Bläschen im Blut, und die verursachen furchtbare Schmerzen. Es ist wie bei einer Sprudelflasche, die man zu schnell öffnet. Wie die Kohlensäure aus dem Wasser, perlt der Stickstoff aus dem Blut heraus. Und wenn sich im Gehirn oder Rückenmark erst mal Bläschen bilden, ist man ganz schnell tot. Bestenfalls ist man entweder bewusstlos oder gelähmt."

„Wie entsetzlich."

„Man muss eben beim Auftauchen Pausen einlegen", sagte Mit.

„Entweder das oder wieder ein Stück tiefer gehen. Oder man muss den Taucher in eine spezielle Dekompressionskammer legen."

„Wenn so viele Dinge passieren können", sagte Mrs Tobin, „sollten alle Taucher auf ihre Eignung getestet werden."

Ihr Mann legte die Zeitung beiseite. „Das ist noch nicht alles. Die Lungen können zerreißen, die Trommelfelle platzen, oder man kann an einer Kohlenmonoxid-Vergiftung sterben."

„Ich verstehe gar nicht, wie die Lungen zerreißen können", sagte Ket.

„Wenn du Presslufttanks und Atemgeräte benutzt, kann das leicht passieren. Du musst sehr darauf achten, dass du beim schnellen Aufsteigen deinen Atem nicht anhältst. Die Atemtechnik ist ganz wichtig. Doch gewöhnlich ist es so, dass die Leute in Panik geraten und viel zu schnell atmen. Und so kommt es zum Lungenriss. Dasselbe kann geschehen, wenn du unter Wasser plötzlich ‚fällst'. Das heißt, wenn du aus Versehen zu schnell tiefer sinkst, drückt es dir deine Lungen ein."

„Hör auf", sagte Mrs Tobin. „Ich habe genug davon."

„Und was ist mit dem Tiefenkoller?", wollte Ket wissen.

„Das ist eine Gasvergiftung", erklärte sein Vater. „Stickstoffbetäubung. Man nennt es Tiefenrausch. Es ist, wie wenn man betrunken ist oder unter Drogeneinfluss steht. Es ist sehr gefährlich, weil man nicht mehr normal denken kann. Trugbilder werden einem vorgegaukelt, alle Wahrnehmungen sind sehr viel intensiver als sonst. Was immer auch geschieht, es ist einem gleichgültig. Man achtet nicht mehr auf Gefahren."

„Wie tief kann man tauchen, ohne dass so was passiert?"
„Nicht sehr tief. Dreißig Meter oder so. Dann wird es gefährlich. Das ist allerdings von Person zu Person verschieden."

Ket, der in einem weichen, bequemen Sessel saß, zog die Knie zu seinem Kinn hoch und blickte seinen Vater forschend an. „Warst du jemals so tief unten?", fragte er schließlich.

Sein Vater schaute über ihn hinweg. Sein Blick schweifte in die Ferne, als wollte er die großen Gefahren, die er vor langer Zeit erlebt hatte, in seine Erinnerung zurückrufen.

„Warst du?", wiederholte Ket seine Frage.

„Ja", sagte sein Vater nach einer Weile. „Aber wir waren sehr gut trainiert." Er machte eine Pause. „Und ich möchte es nicht für eine Million Dollar noch einmal erleben."

Der Beweis

Auch am nächsten Tag kochten die Gerüchte in Spoonbill Creek über wie Erbsensuppe in einem Topf. Jeder hatte etwas Neues zu berichten oder hinzuzufügen.
Der kleine Ort hatte nur eine Hauptstraße. Sie war breit und einladend mit großen, üppigen Bäumen und mit Veranden und alten Bänken vor dem Hotel, damit sich die weisen Männer des Distriktes dort niederlassen konnten, während sie die Probleme der Welt lösten.
Um die Mittagszeit, als Ket, Con und Donny hinuntergingen, um beim Bäcker Brötchen zu kaufen, konnten sie in jedem Laden immer wieder neue Geschichten über Taucher, Lieferwagen und Polizisten hören.
„Dis iss too schlecht", hörten sie Rudolf Schultz mit lauter, rauer Stimme sagen. „What next will de place komm tu?"
„Det ve will be in unsere Betts mausedead in the next days", antwortete der alte Ruben Hoff.
Sie waren beide groß gewachsene deutsche Farmer mit haarigen Armen, schweren Stiefeln und breitrandigen Hüten.
„Den beiden möchte ich nachts nicht begegnen", sagte Ket. „Man erzählt sich, dass der alte Rudolf einen Zaunpfahl mit der bloßen Faust in den Boden rammen kann."

Freitags war der Einkaufstag für die Landbevölkerung, und die Straßen waren verstopft mit geparkten Autos, die kreuz und quer überall herumstanden. Männer und Frauen in kleinen Gruppen unterhielten sich, lachten oder redeten über die Ernte, die Preise und das Wetter. Die Männer lehnten sich gegen die Stützpfosten des Vorbaudaches oder gegen geparkte Autos, die Frauen erzählten sich den neuesten Klatsch an den Ladentischen oder versperrten die Eingänge, wenn sie aufeinander trafen.

„Wie ein wild gewordener Ameisenhaufen", sagte Ket und versuchte, zum Bäckerladen vorzustoßen.

„Sogar von Adelaide ist ein Zeitungsmensch gekommen", berichtete Donny aufgeregt, „und ein Fotograf."

Bis sie endlich ihre Brötchen in den Händen hielten, hatten sie so viele wilde Geschichten gehört, dass sie ein Buch damit hätten füllen können.

„So langsam glaube ich, dass Brian Bissey eine Fledermaus ist", sagte Ket. „Er fliegt ständig nachts in Höhlen ein und aus."

Con lachte: „Es gibt auch Monster dort unten."

„Ja, mit 'nem Schnorchel auf der Nase."

Aber Donny blieb ernst: „Man sagt, dass es in einigen der Höhlen Geister gibt. Die Geister der Leute, die dort ertrunken sind."

„Ja, und sie fahren auf Motorrädern herum", sagte Con mit breitem Grinsen zu Ken.

Harry Bates, der Bäcker, lachte. „Oh, ihr seid vielleicht ein paar Verrückte. Richtige Spinner seid ihr."

„Wissen Sie auch noch was Neues?", fragte Ket vorlaut.

„Ja", antwortete Mr Bates, und seine Stimme wurde so leise, als ob er ihnen das größte Geheimnis der Welt erzählen wollte. „Also, dieser Lieferwagen war voll geladen mit lauter Schätzen und Geld aus einem großen Bankraub in Melbourne. Es waren Juwelen und Diamanten und eine Menge solcher Sachen dabei. Die Diebe befanden sich auf der Flucht vor der Polizei, und in einer Kurve auf der Staubstraße sind sie ins Schleudern geraten, und ob ihr es glaubt oder nicht, sie sind direkt durch den Zaun gerast und wie ein Blitz in den *Chadwick's Chimney* hineingesaust."
„Ach, Blödsinn", sagte Ket.
„Sag das nicht", meinte Con.
„Es ist wahr", bekräftigte Donny, „genauso ist es passiert."
Ket blickte ihn mitleidig an. „Außer, dass der Lieferwagen nicht in den Kamin runterfallen konnte, weil der Schacht nun mal zu eng ist. Also hat er sich einfach überschlagen."
„Genau", sagte Mr Bates, als wüsste er bestens Bescheid. „Aber dabei ist die ganze Ladung in den *Kamin* hinuntergefallen. Alle Kisten, mitsamt dem Inhalt. Und nun liegt alles auf dem Grund der Höhle, weit unten."
Die Jungen blickten ihn misstrauisch an. Halb glaubten sie, was er sagte, halb wussten sie nicht so recht, was sie davon halten sollten.
„Sie wollen uns auf den Arm nehmen", sagte Con schließlich.
Mr Bates lachte auf. „Das würde ich doch nie und nimmer tun", sagte er.
Als sie wieder in der Schule waren, beschäftigte sich Donny so sehr mit dem, was er von Mr Bates gehört hatte, dass er

die ganze Stunde von nichts anderem mehr redete. Mr Fisher, dem Mathematiklehrer, wurde es schließlich zu bunt, und er wandte sich ihm verärgert zu. „Deine Aufgabe, Donny Henderson, ist es erst einmal, das Geheimnis dieser Geometrie-Aufgabe zu lösen, bevor sich dein überragendes Gehirn mit dem Geheimnis in *Chadwick's Chimney* beschäftigen kann."

Ket kicherte hinter der vorgehaltenen Hand.

„Und das gilt ebenso für dich, Einstein", ermahnte ihn Mr Fisher.

„Jetzt wird er ekelhaft", flüsterte Con. „Wir reißen uns besser für 'ne Weile zusammen."

Obwohl Ket so tat, als würde er angestrengt arbeiten, konnte er die ungereimten Geschichten über *Chadwick's Chimney* nicht aus seinem Kopf bringen. Den ganzen Nachmittag überlegte er hin und her. Und dann, im Schulbus auf dem Weg nach Hause, hatte er plötzlich eine Idee. Als sie sich der Grenze zwischen Carters Farm und der seines Vaters näherten, nahm er seine Schultasche und rief Andy Smith, dem Fahrer, zu: „Lassen Sie mich bitte hier schon raus."

Mit blickte ihren Bruder überrascht an. „Warum denn, um Himmels willen?"

„Ich laufe von hier aus. Wir sind sowieso schon fast daheim."

„Das ist eine blöde Antwort", schnappte Mit.

Der Bus wurde langsamer und hielt an. „Wie es beliebt, mein Herr", rief Andy fröhlich. „Ich tue alles, um meine Fahrgäste zufrieden zu stellen."

Er öffnete die Tür, und Ket sprang auf die Straße hinaus.
„Vielen Dank, Andy. Bis Montag."
„Sicher", rief Andy. „Und glaubst du, dass du es einrichten kannst, pünktlich zu sein?"
Doch Ket hörte ihm schon gar nicht mehr zu.
Sobald der Bus verschwunden war, rannte er am Zaun entlang, bis er auf der Höhe von *Chadwick's Chimney* war. Dann legte er seine Tasche auf den Boden und blickte sich suchend um. Nach kurzer Zeit entdeckte er eine Spur dicht am Straßenrand, die über die Grasnarbe auf den Zaun zuführte. Sie war kaum noch zu erkennen. Seit dem Unfall war ja auch schon einige Zeit vergangen, wenn Hoppys Geschichte stimmte, mindestens fünf Tage. Die Grashalme hatten sich wieder aufgerichtet, doch einige der Kalksteinbrocken lagen nicht mehr an ihrer ursprünglichen Stelle. Das konnten allerdings auch Pferde oder Kühe gemacht haben oder Carters alter Bulle. Der Drahtzaun hing ziemlich locker, doch vielleicht war dies schon immer so gewesen? Andererseits mussten zwei der Eisenpfosten erst kürzlich verbogen worden sein, weil der Rost sich an den Bruchstellen gelöst hatte und darunter glänzendes Metall zum Vorschein kam. Irgendetwas musste gegen den Zaun geprallt sein.

Ket kroch zwischen den Drähten hindurch, ging bis zum Rand des *Kamins* und blickte hinunter. Es war ein unheimlich aussehendes Loch, nicht viel mehr als einen Meter im Durchmesser und ganz ebenmäßig rund, wie ein Quellloch. Ein Stück Himmel spiegelte sich in der fünf oder sechs Meter tiefer liegenden Wasseroberfläche. Eine nicht sehr stabile Leiter, die mit Metallbolzen an der Seitenwand im Felsen verankert war, reichte bis knapp zur Wasseroberfläche. Das war ein großmütiger Beitrag zur Menschlichkeit von Charlie Carter, den er vor langer Zeit geleistet hatte, um im Notfall einem armen Wanderer, der zufällig hineinfiel, das Leben zu retten.

Der *Kamin* lag auf einem kleinen, von Carter eingezäunten Stück Land. Denn sein Vieh sollte nicht zu Schaden kommen, wenn es in der Nähe graste. Ansonsten gab es nichts, was auf diese Gefahr hingewiesen hätte. Wie die meisten der umliegenden Höhlen lauerte der *Kamin* für einen zufällig Vorbeikommenden zwischen Gestrüpp und Grasbüscheln wie ein aufgerissenes schwarzes Maul mit weißen Kalksteinlippen.

Ket trat zurück und blickte sich um. Hier, in der näheren Umgebung des *Kamins*, war in letzter Zeit ganz sicher einiges passiert. Das Gras war platt getreten, der Boden war aufgewühlt und voller Abdrücke. Außerdem waren einige der größeren Büsche geknickt und niedergedrückt. Aber nirgendwo waren echte Reifenspuren zu entdecken. Ket verzog sein Gesicht zu einer Grimasse. Vielleicht war es doch ein Motorradfahrer gewesen, der von der Straße abgekommen und durch Carters Zaun im Gleitflug direkt in den Schlund der Höhle gebraust war?

Ket musste feststellen, dass ihm das Detektivspielen nicht so besonders lag. Er kam zu keinem Ergebnis. Außerdem stellte er fest, dass die Sonne schon tief am Himmel stand. Es würde nicht lange dauern, bis seine Mutter ihn vermisste. Er ging zur Straße zurück, nahm seine Tasche und machte sich auf den Heimweg. Einer plötzlichen Eingebung folgend, beschloss er, durch den Zaun zu klettern und quer über das direkt angrenzende Land seines Vaters nach Hause zu gehen. Der lang gezogene Bergrücken aus Kalkstein lag vor ihm, und obwohl er nicht sehr hoch anstieg, hatte er steile Kanten und war mit Gestrüpp und Agavenbüscheln bedeckt, die das Begehen schwierig machten. Weiter oben gab es Höhlen und Grotten im Kalkstein und hin und wieder große Felsbrocken in wildem Durcheinander.

Der Bergkamm gab Ket einen guten Ausblick auf das umliegende Land. Still blieb er stehen, ein einsamer Pfadfinder in der Wildnis, und ließ langsam seinen Blick in alle Himmelsrichtungen schweifen. Nichts bewegte sich. Das satte Licht des Nachmittags lag golden über dem weiten Land. Es war ruhig hier, friedlich und schön. Nach einer Weile ging er weiter. Er folgte dem Bergrücken drei-, vierhundert Meter, bis dieser in ein Gebiet abschwenkte, das einmal zu Chadwick's Farm gehört hatte. Jetzt bewirtschafteten es die Ferguesons. Ket wusste nicht viel über sie. Es schien nur, als würden sich hin und wieder seltsame Leute dort aufhalten. Brian Bissey hatte einmal für die Ferguesons gearbeitet. Wenn Knuckles Harding wirklich Bissey am Montagmorgen gesehen hatte, war das also nicht weiter ungewöhnlich. Bissey war im Gebiet um den Spoonbill Creek wie zu Hause.

Ket hätte sich, um auf dem nächsten Weg nach Hause zu gelangen, nun an den Abstieg machen müssen. Schließlich hatte er noch ein, zwei Kilometer zu gehen. Aber aus irgendeinem Grund tat er es nicht. Stattdessen folgte er dem

Bogen des Bergrückens bis zu Fergussons Grenze, kletterte über den Zaun und marschierte auf die alte Pump Road zu. Vielleicht war es gar keine so schlechte Idee herauszufinden, ob die alte Straße in letzter Zeit benutzt worden war. Er musste sich seinen Weg durch dichtes Gestrüpp suchen, das zu einem Buschgürtel gehörte, der völlig wild wucherte. Er erstreckte sich weit hinaus über den Westen von Carters Land. Die Pump Road wand sich mitten hindurch, ein holpriger, ausgefahrener Weg, der einmal von Viehtreibern und Ochsenkarren benutzt worden war, um die Tiere zu der alten Tränke zu führen. Diese Tränke war damals von der Regierung als Reservoir für die frühen Siedler dort errichtet und mit einer Pumpe versehen worden. Daher kam auch der Name der Straße. Aber die Pumpe war längst verrostet und unbrauchbar geworden, und die alte Straße benutzte heute fast niemand mehr.

Sobald Ket den Hang hinter sich gelassen hatte, war von der Straße nichts mehr zu sehen, und er musste sich von nun an auf seinen Orientierungssinn verlassen. Schon bald begann er sich zu fragen, wie verlässlich der wohl war. Das Gestrüpp wurde dichter und dichter, und Hinweisschilder oder sonst irgendwelche Markierungen gab es nicht. Geschichten von Leuten fielen ihm ein, die tagelang in solchen Gebieten im Kreis gegangen waren, obwohl sie sich ganz dicht bei Straßen, Zäunen oder Häusern befunden hatten. Er spähte angestrengt hinter sich und versuchte, einen Blick auf den Bergrücken zu erhaschen, aber die Bäume versperrten ihm die Sicht.

„Das ist lächerlich", murmelte er vor sich hin. „Man kann

sich doch nicht ein paar Kilometer von seinem eigenen Haus entfernt verirren." Er machte sich selbst Mut, indem er sich sagte, dass er ja eigentlich nur geradeaus weiterzugehen brauchte. Irgendwo würde er aus dem Busch heraus ins offene Land gelangen, nicht weit von Carters Grenze entfernt.

Er versuchte dem gröbsten Dickicht auszuweichen und Stellen zu finden, wo das Gehen weniger beschwerlich war. Die niedrigen Zweige bog er zur Seite, um sich seinen Weg durch das Gestrüpp zu bahnen, wobei er sich auf die direkt vor ihm liegende Strecke konzentrierte, ohne zu versuchen, in die Weite zu sehen. Und plötzlich schien es ihm, als ginge er über eine Glasscheibe. Zuerst fuhr er verblüfft zurück. Dann, als er sich wieder gefasst hatte, sah er, was es war: ein Stück von einem Autofenster.

Mit aufgerissenen Augen starrte Ket darauf. Dann blickte er sich hastig um, ob er beobachtet wurde. Doch keine Bewegung, kein Geräusch. Aber das zu dem Glas gehörende Auto entdeckte er! Ein Lieferwagen, der in einem dichten Gebüsch abgestellt worden war, ein paar Meter von der alten Pump Road entfernt. Es war klar, dass er nicht zufällig hier stand. Ket folgte den Fahrrillen, die von der Straße herüberführten und die offensichtlich erst in letzter Zeit entstanden waren. Und auch die Pump Road wirkte keineswegs unbenutzt. Er brauchte keine Detektivaugen, um zu sehen, dass irgendwelche Fahrzeuge – Lastwagen, Pkws, Motorräder – die Straße regelmäßig bis zu dieser Stelle auf und ab gefahren waren, vielleicht schon seit Wochen.

Als er ganz sicher war, dass sich sonst niemand in der Nähe

befand, ging Ket zurück und suchte die Stelle um den Lieferwagen herum sorgfältig ab. Als er auf die Fahrerseite kam, erschrak er. Das ganze Fahrzeug war auf der linken Seite von vorne bis hinten zerkratzt und voller Beulen, die Tür eingedrückt, das Kabinendach teilweise zerschmettert, der Lack durch lange Kratzer verunstaltet. Obwohl der Lieferwagen noch immer fahrbereit schien, hatte er offensichtlich einen schweren Unfall hinter sich. Und so, wie es aussah, war er dabei auf einer Seite gerutscht und an Felsen und losen Steinen entlanggeschlittert.

Vielerlei Gedanken rasten durch Kets Kopf: Der Lieferwagen, den Knuckles Harding gesehen haben wollte; die wilde Geschichte, die Mr Bates in der Bäckerei erzählt hatte; die Gerüchte über Polizei und Verbrecher und gestohlene Beute aus Melbourne und nicht zuletzt seine eigene Geschichte mit dem Phantom-Motorrad, das bis in alle Ewigkeit in der Dunkelheit über die alte Pump Road zu fahren schien.

Die Türen des Lieferwagens ließen sich nicht öffnen, und nichts, das Ket im Innern sehen konnte, gab irgendwelche Hinweise. Unentschlossen hielt er inne. Sein erster Gedanke war, sich im Gestrüpp zu verstecken und abzuwarten. Früher oder später würde schon jemand auftauchen. Aber das konnte lange nach Einbruch der Dunkelheit sein, und seine Familie würde bis dahin die ganze Nachbarschaft aufgescheucht haben. Es war nicht in seinem Sinn, dass sein Vater mit Scheinwerfern und Suchtrupps in der Nacht herumtrompetete.

Ungern, wirklich sehr ungern beschloss Ket, nach Hause zu gehen und das Geheimnis, zumindest im Moment, ungelöst zu lassen. Schnell rannte er die alte Pump Road entlang zu Fergussons Grenze, nahm eine Abkürzung quer über die Pferdekoppel seines Vaters und schleppte sich schließlich völlig erschöpft bis zur Rückseite des Hauses.

Seine Mutter wandte sich um, als er die Küche betrat. „Wo warst du, Kevin?", wollte sie sogleich wissen. „Erst dachten wir, du hättest den Bus verpasst, aber Mary sagte, dass du auf dem Heimweg früher ausgestiegen bist."

„Ich wollte mir nur etwas die Beine vertreten", sagte er mit unschuldiger Miene.

Seine Mutter lächelte. „So kann man's wohl auch nennen."

„Ich hab mich ein bisschen umgesehen."

„Das klingt schon besser", meinte sie.

Ket befand sich in einer Zwickmühle. Einerseits wollte er mit jemandem über den entdeckten Lastwagen reden, auf der anderen Seite jedoch war es ihm lieber, wenn es sein Geheimnis blieb. Ein paar Mal dachte er sich, es wäre das Beste, seinem Vater davon zu erzählen, und fast wäre er auch mit der ganzen Sache herausgeplatzt. „Vater ...", fing er schon stockend an.

„Ja, Sohn?"

Im letzten Augenblick biss er sich auf die Zunge. „Oh, nichts."

Sein Vater blickte ihn forschend an. „Nun, entscheide dich; was willst du?"

Im tiefsten Innern hatte Ket Angst davor, sich erneut lächerlich zu machen. Wenn seine Familie die Geschichte mit dem Motorrad nicht geglaubt hatte, was würde sie dann wohl von einem Phantom-Lieferwagen halten? Und wie sollte er ihnen das alles überhaupt begreiflich machen?

„Da steht so ein Lieferwagen im Gestrüpp bei der alten Pump Road. Er war in einen Unfall verwickelt und scheint auf einer Seite durch die Gegend gerutscht zu sein …" Sein Vater würde sich über eine solche Geschichte totlachen.

Eine weitere Höhle

Am Sonntagmorgen brachen Mr und Mrs Tobin zum Mount Gambier auf. Mit und Ket lagen noch im Bett, als ihre Eltern losfuhren.

„Ihr müsst euch selbst versorgen, ihr beiden", rief ihre Mutter. „Vor dem Abendbrot sind wir aber zurück."

„Und stellt nichts an", fügte ihr Vater hinzu.

Ket streckte sich voller Wohlbehagen in seinem Bett aus. Dann drehte er sich und rollte sich in seine Lieblingsstellung zusammen. Er hörte den Wagen scharf aufheulen und bald den Motorenlärm immer leiser werden. Die Stille von tausenden von Kilometern schien sich aus den Wiesen und Weiden, den Prärien und dem weiten, weiten Buschland zu lösen und sanft das Farmhaus einzuhüllen. Ket schlief wieder ein.

Als er erneut erwachte, strahlte der Morgen schon im hellen Licht. Durch die halb offene Jalousie warf die Sonne Streifen über den Boden vor seinem Bett. Draußen schien die Welt plötzlich voller Leben. Truthähne, Hühner, Kälber, Schweine, Spatzen und Stare waren voller Aufregung über den neuen Tag. In dem großen Gummibaum bei der Straße zankten sich Schwärme von roten Papageien, und es klang so metallisch, als würden hunderte von Fingernägeln über ein Stück Blech fahren.

Ket wandte sich um und lauschte. Da war noch etwas im Hintergrund zu hören, ein gleichmäßiges ratterndes Geräusch. Er erkannte es sofort. Angespannt wie eine Feder blieb er liegen. Rat-tat-tat. Leise und doch deutlich, schnell und rhythmisch. Der Geisterfahrer brauste wieder durch die Luft, so wie immer; über dem Dach, unter dem Haus, durch die Decken im Bett, den Korridor entlang.

„Mit", schrie er ganz außer sich. „Mit! Mit! Komm schnell!"

Seine Schwester kam im Nachthemd, mit verstrubbeltem Haar und großen Augen, ins Zimmer gerannt.

„Was um Himmels willen …"

„Das Motorrad", schrie Ket aufgeregt. „Es ist wieder da, und diesmal bei Tag."

Mit war schon wieder dabei, ärgerlich hinauszustürmen, als ihr klar wurde, wie ernst und wichtig die Sache Ket war. Alle hatten ihn ausgelacht, und nun wollte er den Beweis erbringen.

„Horch", sagte er und hielt seinen Finger hoch. „Kannst du es nicht hören?"

Sie war still, während sie sich konzentrierte. „Kaum", sagte sie schließlich. „Es ist sehr schwach."

„Dann komm hierher", drängte er seine Schwester. „Hier musst du es hören."

Sie tappte mit ihren bloßen Füßen zum Bett hinüber und blieb wieder lauschend stehen. „Jetzt ist es ein wenig deutlicher, aber doch noch ziemlich schwach."

Er wünschte so verzweifelt, dass sie es richtig hörte. Er packte sie an der Hand und zog sie zu sich herunter. „Beug dich runter", sagte er, „und lege deinen Kopf genau hier auf das Kissen."

Langsam wurde es ihr wirklich zu viel, aber um ihm einen Gefallen zu tun, tat sie doch, worum er sie bat. „Ja, es ist deutlicher hier. Viel deutlicher." Ihr Gesicht hellte sich vor Überraschung auf.

„Siehst du", sagte er erfreut. „Ich hab es dir ja gesagt."

Jetzt war sie neugierig geworden. Sie presste ihre Ohren überallhin und kniete sich schließlich aufs Bett, um in der hintersten Ecke zu lauschen.

„Das ist komisch", sagte sie zuletzt. „Es scheint direkt aus dem Bettgestell zu kommen."

„Ich hab's dir doch gesagt", wiederholte er.

„Aber das ist doch verrückt."

Vor Freude, dass es ihm gelungen war, den Beweis zu erbringen, war Kets Gesicht heiß geworden. „Natürlich ist es verrückt. Das habe ich dir doch gesagt."

„Aber es kann doch nicht einfach aus der Luft kommen."

„Doch, das ist möglich. Es sind Schwingungen oder so was, die hier im Zimmer verstärkt werden, besser gesagt vom Metall des Bettgestells."

Die wissenschaftliche Erklärung interessierte ihn eigentlich weniger. Hauptsache war, dass Mit es gehört hatte, wirklich gehört, laut und deutlich. Jetzt konnte sie es Vater und Mutter bestätigen.

Sie lauschten noch eine Weile. Der gleichmäßige Ton des Zweitakters war unablässig zu hören. Es war wie ein gespenstischer Trommelschlag, der sich heimlich in ihren Köpfen eingenistet hatte.

Schließlich stand Mit auf und ging zur Tür. „Ich muss mit Hero arbeiten", sagte sie, „er ist die ganze Woche nicht bewegt worden."

Hero war Mits großes Turnier-Springpferd – ein Riesending von einem Gaul, fast siebzehn Hand hoch. Damit hatte sie schon so viele Schleifen gewonnen, dass die ganzen Wände in ihrem Zimmer damit voll hingen. Sie hielt kurz an und blickte zurück. „Was hast du vor? Den ganzen Morgen deinem verrückten Gespenstertakt zuhören?"

„Wir gehen zum Harpunenfischen."

„Wer ‚wir'?"

„Con, Donny und ich. Im See."

„Seid ja vorsichtig. Du weißt, wie empfindlich Vater ist, wenn man allein zum Tauchen geht."

„Ich bin ja nicht allein. Wir sind zu dritt."

„Sei trotzdem besser um die Mittagszeit zu Hause, sonst mache ich mir noch Sorgen."

„Du hast gut reden. Wenn sich hier einer Sorgen machen sollte, dann bin ich es, wenn du mit deinem riesigen Schlachtross durch die Gegend donnerst."

Sie lachte. „Er ist so fromm wie ein Lamm."

„Das sind Elefanten auch", gab er zurück, „manchmal wenigstens."

Kaum war sie aus dem Zimmer, sprang Ket auf und zog sich an. Er hatte noch etwas zu erledigen, bevor er sich mit Con und Donny traf. Zuerst musste er noch einen Umweg durch Fergussons Dickicht machen und so viel wie möglich über den versteckten Lieferwagen herausfinden, wenn er überhaupt noch da war. Und dann musste er mit Knuckles über den Unfall reden, den dieser in der Nähe von *Chadwick's Chimney*, am Montagmorgen vor Sonnenaufgang gesehen haben wollte.

Mit war heute schneller als Ket. In der Zeit, in der er seinen Taucheranzug begutachtete und die Zuleitung der Pressluftflasche sorgfältig überprüfte, hatte sie Hero longiert und sprang jetzt mit ihm über Übungshindernisse. Sie winkte Ket zu, als er die Pferdekoppel durchquerte, um sich auf Carters Weide mit Donny und Con am Ufer des Spoonbill-Sees zu treffen. Er grinste schief, weil er an seinen kleinen Umweg dachte, und winkte zurück.

Als er sich dem Bergrücken am Ende der Weide näherte, galoppierte sie wie Johanna von Orleans an ihm vorbei, auf einen umgefallenen Baumstamm zu, der am Hang des Bergrückens lag. Ket blieb stehen und sah zu, wie sie sich vorbereitete, um darüber zu springen. Obwohl ihm Reiten nicht so sehr lag, musste er doch zugeben, dass es anmutig aussah, wie Mit im Sattel saß. Das große Pferd hob sich, als sei es schwerelos, in einem wunderbaren Bogen in die Luft, und das Fell leuchtete hell in der Morgensonne auf. Dann landete Hero mit einem dumpfen Geräusch, galoppierte weiter und schwenkte in einem weiten Zirkel ein. Mit rief Ket etwas zu, als sie an ihm vorbeifegte, aber er konnte es nicht verstehen. Dann ließ sie Hero erneut über den Baumstamm springen und kam in einem Bogen zurück.

„Warum lernst du nicht fliegen?", rief Ket. „Das würde dir 'ne Menge Zeit einsparen."

„Es ist wie fliegen", rief sie zurück. Ihre Augen glänzten, und die Wangen waren vom Wind gerötet. Ket beobachtete sie, als sie zum dritten Mal mit dem großen Pferd zum Sprung ansetzte. Es war der gleiche kraftvolle Galopp, der gleiche wunderbare Bogen des Sprunges, das dumpfe Aufschlagen der landenden Hufe. Aber dieses Mal ging etwas schief. Als Hero am Boden aufkam, schien er in die Knie zu gehen, und dann überschlug er sich. Einen entsetzlichen Moment lang sah Ket, wie sich die vier Beine zum Himmel streckten und Mit auf den harten Boden nach vorn geschleudert wurde. Hero kam nach ein, zwei Sekunden heftigen Strampelns und Umherwerfens auf die Beine, um in wilder Flucht davonzugaloppieren. Mit lag still auf dem Boden.

„Mit! Mit!" Ket hastete vorwärts, den Hang hoch. Vor Anstrengung bekam er fast keine Luft mehr. „Mit! Mit, bist du in Ordnung?"

Sie bewegte sich und setzte sich langsam auf. „Was ... was ist nur passiert?", stammelte sie.

„Du bist heruntergefallen."

Sie hatte ein paar Schrammen und Kratzer, schien aber sonst unverletzt.

„Er ... er ist einfach eingeknickt – wieso ..."

Ket war jetzt bei ihr. Er kniete nieder und nahm sie in die Arme. „Bist du sicher, dass alles in Ordnung ist?"

„In einer Minute werde ich es sein."

„Nur sachte. Ganz sachte", sagte Ket.

„Nein. Ich muss Hero einfangen. Ich weiß nicht, was über ihn gekommen ist. Sonst stolpert er nie."

Ket hob plötzlich seinen Kopf und richtete sich auf.
„Hörst du es?", fragte er.
„Hörst du was?"
„Kannst du überhaupt nichts hören?"
„Ich höre immer noch die Engel singen von meinem Sturz", sagte sie mit einem gezwungenen Lächeln.
„Hör doch genau hin."
Sie befanden sich ein paar Meter von dem Baumstamm entfernt, bei dem das Unglück passiert war. Ket hatte dem Hindernis seinen Rücken zugewandt, und Mit hatte sich auf die Ellenbogen aufgestützt.
„Das Motorrad", sagte Ket aufgeregt. „Es ist das Motorrad. So deutlich wie noch nie."
Sie blickte ihn zweifelnd an. „Hier draußen auf der Pferdekoppel?"
„Ja, deutlicher als es je zu hören war."
Mit erholte sich langsam von ihrem Sturz. „Ja", sagte sie. „Ja, jetzt kann ich es hören."
Beide lauschten aufmerksam. Rat-tat-tat. Da gab es gar keinen Zweifel, es war dieselbe Maschine, derselbe Klang, derselbe regelmäßige Rhythmus, der Ket in seinem Zimmer fast zur Verzweiflung getrieben hatte. Aber hier draußen klang es noch eindringlicher, noch klarer. Das Geräusch war so ausgeprägt, dass es schien, als könne das Motorrad jeden Augenblick über den Bergrücken herunterkommen.
„Es muss hier irgendwo in der Nähe sein", sagte Ket. Er stand auf und half Mit auf die Beine. „Bist du sicher, dass dir nichts passiert ist?"
„Nur ein paar Schrammen und Kratzer von den Steinen."

„Musst dich wohl bei deinem Schutzengel bedanken."
Beide wandten sich dem liegenden Baumstamm zu. Für eine Sekunde standen sie wie erstarrt da. Da war ein Loch mit gezacktem Rand im Boden, mitten im Kalkstein, der an dieser Stelle vom Wind blank gefegt war. Und es sah aus, als ob jemand mit einem Vorschlaghammer durch den Fels gehauen hätte. Die Stelle befand sich ungefähr zwei Meter vom Baumstamm entfernt, genau dort, wo Hero gelandet war.

„Heiliger Strohsack", entfuhr es Ket. „Er ist durchgebrochen. Da ist eine Höhle drunter. Kein Wunder, dass Hero gestürzt ist."

„Das hätte uns beide umbringen können."

„Ja, und ihr hättet tiefer und tiefer fallen können."

Er ließ sich am Rand des Loches auf die Knie nieder. Die Kalksteinplatte, die das Loch umgab, war rissig und an verschiedenen Stellen gebrochen. Ket hob ein paar lose Stücke heraus, bis das Loch ungefähr einen Meter im Durchmesser hatte. Sie blickten hinein und konnten ein Stück weiter unten eine vorspringende Kante erkennen, aber danach war nichts als Dunkelheit.

Ket machte große Augen. „Es ist eine Höhle, eine neue Höhle!", rief er.

Beide starrten, die Gesichter dicht am Höhleneingang, angespannt hinunter. Der Lärm des Motorrads schien direkt aus dem Erdinneren zu kommen. Es dröhnte richtig in ihren Ohren.

„Da haben wir ja dein Motorrad wieder", sagte Mit langsam, „es fährt dort unten herum."

Ket war völlig aus dem Häuschen. Mits Ironie kam bei ihm nicht an. „Darum konnten wir es zu Hause hören. Die Höhle muss sich bis unter unser Haus erstrecken."
Mit blickte noch einmal aufmerksam in das Loch hinein. „Aber was in aller Welt ist es? Eine Wasserpumpe oder was? Für Carters Kühe?"
Ket warf ihr einen seltsamen Blick zu. „Eher eine Taucherausrüstung. Das vermute ich."
„Mit einer Sauerstoffpumpe?"
„Ich glaube, ja."
„Das ist verrückt. Das wäre ja ganz altmodisch."
Er stand auf. „Meinetwegen. Auf jeden Fall werde ich es herausfinden."
„Du gehst doch nicht da runter?"
„Warte hier, während ich nach Hause renne und eine Taschenlampe hole."
„Nein, das werde ich nicht tun. Ich muss Hero einfangen – er hat immer noch den Sattel drauf."
„Also, dann beeil dich. Ich treffe dich hier in zehn Minuten."
„Ich geh nicht da runter, Ket. Nicht in dieses Loch."
„Dann eben nicht. Ich gehe auf jeden Fall."
Mit öffnete den Mund, um ihm einen Vortrag über menschliche Dummheit und Verantwortungslosigkeit zu halten, ließ es aber dann doch sein. Und einen Augenblick später rannten sie beide in verschiedenen Richtungen davon.

Die unterirdische Kathedrale

Während Mit Hero einfing und absattelte, wartete Ket bereits ungeduldig bei der Höhle auf sie. Er hatte zwei Stablampen, ein Beil und eine große Rolle Bindfaden mitgebracht; er lag auf dem Bauch am Rande der Höhle und leuchtete mit einer Taschenlampe hinunter in die Dunkelheit.

Als sie auf ihn zukam, hob er den Kopf.

„Es gibt zwei vorstehende Kanten da unten", rief er aufgeregt. „Und eine Art Rampe. Da können wir gut runterkommen."

Mit kniete sich neben ihm nieder. „Ich gehe nicht mit", sagte sie entschieden.

Er hörte es nicht einmal. „Fällt dir etwas auf?", fragte er.

„Irgendein Unterschied?"

„Nein, was?"

„Das Geräusch. Es ist weg."

Sie blickte ihn überrascht an. „Ja, du hast Recht. Das Motorrad ..."

„Oder die Pumpe", fiel er ihr ins Wort.

Sie kicherte. „Also, nennen wir es eben die Motorrad-Pumpe."

„Ich wette, sie ist immer noch da. Sie ist nur abgeschaltet."

„Muss eine von Carters Wasserpumpen sein. Sie schalten sich automatisch ein und aus."

Er schüttelte den Kopf. „Das klang nicht wie eine Wasserpumpe."

Er rappelte sich hoch und ging zu dem Baumstamm hinüber. „Auf jeden Fall werde ich runtergehen und mir die Sache ansehen."

Er befestigte das eine Ende des Bindfadens am Stamm und rollte ein Stück ab bis zum Rand der Höhle. „Gibt eine richtige Hänsel-und-Gretel-Sache. Den Rückweg finden ist 'ne Kleinigkeit."

„Wozu ist das Beil?"

„Vielleicht muss ich mir einige Stufen hauen."

Er schwang die Beine über den Rand und ließ sich auf den ersten Absatz hinunter.

Mit war es recht unbehaglich zu Mute. „Bitte, geh doch nicht allein runter, Ket. Bitte."

„Nur mal schnell gucken."

„Da unten kann dir eine ganze Menge passieren. Du könntest ausrutschen und fallen."

„Darum solltest du ja mitkommen. Vater sagt, dass man immer zu zweit gehen soll."

Nur widerwillig gab sie nach. „Also gut, aber wenn wir uns den Hals brechen, bist du schuld daran."

„Wird schon nichts passieren. Wahrscheinlich geht es nur ein paar Meter weit runter."

„Es kann genauso gut tausend Meter runtergehen."

Die beiden fanden nur mühsam Platz auf dem Vorsprung.

„Hier, du nimmst diese Lampe. Häng sie dir am besten um den Hals."

Beide Stablampen hatten einen Ring am Ende der Hülle, und Ket hatte ein Stück Schnur durchgezogen, sodass er und Mit beide Hände zum Klettern frei hatten, wenn es nötig war.

Der Weg hinunter war viel einfacher, als sie gedacht hatten. Der Fels war hart und trocken, und so konnte man nicht leicht abrutschen. Immer wieder stießen sie auf Wülste dicker Baumwurzeln, die ihnen brauchbaren Halt für Hände und Füße gaben. Nach den ersten paar Metern fiel der Boden nicht mehr sehr steil ab. Es ging jetzt schräg in den Boden hinein, und nach oben gab es nicht mehr viel Raum. Die Felsdecke senkte sich tiefer und tiefer, je weiter sie vorstießen, bis sie fast nur noch in einer Art Tunnel krochen. Der blasse Schimmer des Tageslichts, der den Einstieg beim Baumstamm erhellt hatte, verschwand hinter ihnen, und bald war es dunkel. Mehr als dunkel. Es war eine so dichte Finsternis, dass man sie hätte greifen können.

Das Licht der Taschenlampen huschte und tanzte umher und zeichnete deutlich jede Wölbung und Unebenheit an den beiden Seitenwänden und die Struktur des Kalksteinbodens mit seinen Rippen und Furchen, über die sie hinwegkriechen mussten.

Sie flüsterten nur noch. Es schien ganz natürlich in dieser endlosen Stille, in der sie von den Geistern einiger Millionen Jahre aus engen Schlupfwinkeln heraus beobachtet wurden.

Ket wickelte ununterbrochen den Faden ab und hinterließ

dadurch eine dünne, sich windende Spur, die ihnen den Rückweg nach draußen ermöglichen sollte.

Der Schacht, in dem sie sich bewegten, wurde immer niedriger, bis es überhaupt nicht mehr weiterging. Sie waren in einer Sackgasse angelangt.

„So", flüsterte Mit schließlich, „weiter können wir nicht mehr gehen. Komm, lass uns umkehren."

„Hier unten kann man sich nur als Kriechtier bequem bewegen", sagte Ket, ohne auf ihre Worte einzugehen.

„Wie weit sind wir wohl gekommen? Was glaubst du?", fragte sie.

„Ziemlich weit. So um die hundert Meter, vermute ich."

„So weit?"

„Es waren dreihundert Meter Bindfaden auf der Spule, und sie ist noch nicht mal halb leer."

Ket leuchtete mit seiner Taschenlampe sorgfältig die ganze Umgebung aus. Jede Ritze im Fels untersuchte er ganz genau.

„Da oben ist ein Loch", sagte er. „Lass uns das mal genauer ansehen, bevor wir zurückgehen."

„Können wir überhaupt da hochkommen?"

„Wenn wir uns wie Schlangen winden."

„Wir könnten stecken bleiben."

„Red doch bitte nicht so. Du kriegst sonst Klaustro-Dingsbums."

„Phobie."

„Was?"

„Wenn man schon Fremdwörter benutzen will, sollte man sie auch richtig kennen. Es heißt Klaustrophobie und bedeutet Platzangst", belehrte Mit ihn. „Außerdem kriege ich echt langsam Zustände hier drin."

„Also, kommst du nun mit oder nicht? Wir können hier nicht den ganzen Tag herumliegen."

„Gut, ich komme."

Ket zwängte sich den engen Schacht nach oben. Er krabbelte und zog die Knie hoch, um sich wie ein Frosch im Wasser abzustoßen. Als er am Ende des Schachtes ankam, war er ganz außer Puste. Er schob seinen Arm an der Wand entlang hoch, um die Dunkelheit vor sich mit der Stablampe auszuleuchten.

„Mann, oh Mann!", stieß er hervor und starrte voller Unglauben auf das, was sich ihm darbot.

„Mit", sagte er endlich, „komm und schau dir das an."

Sie war einen Meter hinter ihm. „Ist da oben genug Platz?"

„Gerade eben so. Ich versuche ein bisschen zur Seite zu rücken."

Mühsam kroch sie vorwärts und zwängte sich zwischen seinen Körper und den harten Fels, bis sie sich nebeneinander befanden.

„Schau dir das an", sagte er. Er ließ das Licht der Taschenlampe langsam umhergleiten.

„Ach du meine Güte!" Es hatte ihr den Atem verschlagen. „Das sieht aus wie im Märchen."

„Hast du jemals in deinem Leben so etwas gesehen?"

Es war, als würden sie durch ein Nadelöhr in eine Kathedrale blicken. Vor ihnen lag eine Höhle, so ungeheuer groß, dass sich das Licht der Stablampe in der Weite verlor. Die Decke erhob sich hoch über ihnen. Die beiden Seitenwände,

rechts und links, waren nicht zu sehen. Im Schein der Lampen glitzernd und glühend, türmten sich riesige Stalagmiten auf wie Orgelpfeifen, perlweiß oder mit einem rosa Schimmer. Von der Decke hing ein Wald von Stalaktiten herunter, einige lang und zugespitzt wie mächtige Eiszapfen, manche so fein wie Alabasternadeln. Gewaltige Finger zeigten nach unten. Und lange, zylinderähnliche Wasserrohre, Eiscrementüten und Lilienstängel gab es und verzwirbelte Baumkuchen und Büschel aus steinernem Blumenkohl. Dazwischen waren Zwiebelknollen und rosafarbene Nasen mit ewig glitzernden Tropfen an ihren Enden.
Am Boden glühten Stalagmiten, erhoben sich in Stängeln so dick wie Baumstämme oder dünner als Nadeln. Einige schienen überzufließen und zu rinnen wie Kerzenwachs oder wie schmelzende Eistorten, andere ragten so hoch und dünn auf wie Glasröhren oder waren so bizarr geformt wie Termitenhügel in den Tropen. Niemals zuvor hatten Ket und Mit etwas so Großes, Furcht erregendes und atemberaubend Schönes gesehen.
Lange Zeit rührten sie sich nicht, so als wären sie selbst erstarrt. Das lag vielleicht daran, dass sie an die Millionen von Jahren dachten, in denen dieses Wunder entstanden war. Sie fühlten plötzlich Ehrfurcht vor der gewaltigen Größe und Fülle, waren sich ihrer eigenen Winzigkeit bewusst. In dieser Welt wurden sie zu Zwergen, die in die Werkstatt des Allmächtigen eingedrungen waren. Und sie waren sich auch gewiss, dass sie die ersten Menschen waren, die diese Pracht erblicken durften, die hier in kaum vorstellbarer Langsamkeit und unendlicher Stille unter der

Erde entstanden war; Tropfen um Tropfen, ein winziges bisschen Kalk zurücklassend, ein kaum sichtbares Wachstum in tausend Jahren.

„Komm", sagte Ket endlich, „lass uns hineingehen."

Er zwängte und quetschte sich so lange durch die Öffnung, bis sein halber Körper draußen war. Es sah aus wie bei einer Raupe, die das Ende eines Zweiges abtastete.

„Das will ich mir ganz genau ansehen", sagte er.

„Sei vorsichtig."

Ket ächzte und stöhnte beim Versuch, seinen Körper vollends durch das Loch zu zwängen. „Sieht gut aus", sagte er nach einer Weile. „Der Fels führt nicht sehr steil hinunter zum Boden der Höhle. Das schaffe ich gut, sobald ich erst mal mein Bein aus diesem Loch raus habe."

Eine Minute lang war er noch festgeklemmt, aber schließlich gelang es ihm, im Innern der Höhle auf die Beine zu kommen. Mit folgte ihm, so schnell es ging. Ihr fiel es etwas leichter, da nur noch sie allein in dem engen Gang war. Etwas unsicher standen sie beide an dem felsigen Abhang.

„Vorsicht", sagte sie. „Es ist feucht und rutschig hier."

Die Luft im Innern der Höhle war nasskalt, ganz anders als in dem engen Tunnel.

„Dort ist Wasser", sagte Mit und zeigte mit der Lampe zum anderen Ende der Höhle, wo sich Stalaktiten reflektierten wie in einem Spiegel. Sowie der Lichtschein auf sie traf, schien es, als ob sie aus dem Teich heraus nach oben deuteten. Vorsichtig suchten Ket und Mit sich einen Weg nach unten, während Ket immer noch behutsam den Bindfaden hinter sich abrollte.

„Hoffentlich reißt er nicht", sagte er. „Ohne ihn finden wir die Öffnung nie mehr."

Sie erschauderte.

„Stell dir vor, wenn wir hier für immer eingeschlossen wären. Lebendig begraben!"

„Das wäre vielleicht ein Grab. Das lässt die Grabmäler der Pharaonen wie Abfallhaufen erscheinen."

Als sie den Abstieg geschafft hatten, blickten sie verwundert zurück.

„Schau dir nur die Decke an", sagte Mit und hob die Lampe nach oben. „Muss fast zwanzig Meter hoch sein."

„Mindestens."

„Wie dick mag wohl der Fels zwischen der Decke und der Außenseite sein?"

„Vielleicht so dünn wie die Stelle, an der Hero mit dem Huf durchgebrochen ist."

„Daran habe ich eben gedacht. Das wäre vielleicht eine Überraschung, beim Reiten plötzlich durchzubrechen und per Sturzflug hier unten anzukommen."

„Ein Zirkus-Kunststück wäre das", sagte Ket, „und zwar ein ganz gewaltiges."

„Worauf du Gift nehmen kannst", gab Mit trocken zurück. Sie ließ das Licht über die mächtige Wölbung der Decke gleiten. „Was glaubst du, wo wir ungefähr sind?"

Ket kicherte. „Gute Frage."

„Ich meine wirklich?"

„Wenn ich mich nach dem Bindfaden richte, den wir abgespult haben, würde ich sagen, wir sind weit unter dem Bergrücken – in der Nähe der Grenze zu Carters."

Mit starrte immer noch nach oben. „Stell dir vor, der Grenzzaun verläuft vielleicht direkt über uns."
„Kann sein. Aber so genau weiß man das nicht – es sei denn, es gräbt da oben einer ein Loch für einen Zaunpfosten zu tief, und wir kriegen plötzlich einen zugespitzten Pfahl genau auf unsere Köpfe geknallt."
„Da oben bin ich schon hundertmal herumgelaufen, ohne dass ich jemals darüber nachgedacht habe, was unter meinen Füßen sein könnte", sagte Mit.
„Von wegen herumgelaufen. Du bist mit deinem Riesenross, das immerhin eine Tonne wiegt, großartig darüber geritten."
Mit richtete den Strahl der Lampe auf das Gebiet vor ihnen.
„Komm, wir marschieren noch ein Stückchen weiter. Mal sehen, wie weit wir kommen."
Vorsichtig tasteten sie sich ihren Weg vorwärts, umgingen tiefe Mulden und Stalagmiten, rutschten hin und wieder auf feuchten Erdhügeln aus, doch immer spulte Ket den Bindfaden hinter sich ab.
„Es geht einfach immer so weiter, ohne Ende."
„Dagegen sind die anderen Höhlen richtige Mauselöcher."
Als sie ein gutes Stück zurückgelegt hatten, stießen sie auf Wasser. Zuerst waren es nur kleinere Pfützen, die aber zunehmend größer und tiefer wurden. Es dauerte nicht lange, da erstreckte sich eine ausgedehnte Wasseroberfläche zu ihrer Rechten, und sie waren gezwungen, links ganz dicht an der Wand entlangzugehen, wie am schmalen Ufer eines Sees.
„Ich glaube, wir steigen immer tiefer hinunter."

„Wie meinst du das?"
„In den Berg hinein. Ins Wasser."
„Es wird auch langsam eng hier unten.
„Und unser Faden ist bald zu Ende."
Auch die Decke veränderte sich jetzt. Sie zog sich nach unten, und die Stalaktiten und Stalagmiten traten allmählich nur noch vereinzelt auf. Der ganze Charakter der Höhle hatte sich verändert.
„Wie viel Faden haben wir noch?", fragte Mit.
„Ein paar Meter."
„Dann kehren wir besser um."
„Genauso gut können wir gehen bis der Faden zu Ende ist."
Sie waren zu einer Felsplattform gekommen, die so scharf am Rande des Wassers aufhörte, als ob sie als Anlegeplatz für Boote geschaffen worden wäre.
„Das Wasser ist tief hier", sagte Ket und kniete am Rand nieder, die Taschenlampe nach unten ins Wasser gerichtet. Es war so still. Fast unwirklich. Und gespenstisch.
„Was glaubst du, wie tief es sein mag?"
„Könnten hundert Meter sein, vielleicht."
„Es sieht schwarz und unheimlich aus."
Ket stand auf. „Da kann noch eine andere Höhle unter Wasser sein, so groß wie diese. Oder sogar noch größer."
„Das herauszufinden, überlassen wir aber anderen. Es wird Zeit, dass wir zurückgehen."
„Du hast Recht. Ich glaube auch, dass diese Höhle hier sowieso nicht mehr weitergeht."
Ket stand da, mit dem Ende des Bindfadens in der Hand. Er leuchtete mit der Lampe vor sich hin und versuchte mit sei-

nen Blicken, die dichter werdende Finsternis zu durchdringen. Die Plattform, auf der sie standen, führte weiter nach links und verschwand hinter einem mächtigen Kalksteinvorsprung.

„Also gut", sagte Ket. „Du nimmst beide Lampen, und ich rolle den Faden wieder auf."

Mit hielt jetzt beide Lampen vor sich hin. „Morgen kommen wir mit Vater und Mutter wieder hier her und kundschaften alles richtig aus."

Kaum hatten sie der Plattform den Rücken gekehrt und waren ein paar Schritte weit gegangen, als ein lauter Knall durch die Höhle hallte. Es klang, als wäre ein schweres Metallstück auf harten Fels gefallen. Beide blieben regungslos stehen.

„Was war das?", flüsterte Mit.

Bebend standen sie ganz still da, die Nerven zum Zerreißen gespannt. Das Echo verklang allmählich in den Höhlungen der Decke, und es war wieder still. Unheimlich still.

„Komm weiter", flüsterte Ket. „Machen wir, dass wir wegkommen."

Sie waren eben dabei weiterzugehen, als wieder ein Geräusch durch die Höhle schallte – ein rumpelndes, polterndes Geräusch, halb schleifend, halb kratzend. Mit knipste beide Taschenlampen aus, und zitternd vor Schreck standen sie da. Aber die Dunkelheit war noch viel beängstigender, sodass sie nach ein, zwei Sekunden wieder eine Lampe einschaltete.

„Schnell", sagte sie. „Lass uns rausgehen."

Sie hatten eben einen der größten Stalagmiten erreicht, als

ein Geräusch zum dritten Mal die Höhle erfüllte, viel Furcht erregender als die anderen. Es war ein zischendes, schnaufendes Geräusch, als würde ein riesiges Ungeheuer wütend nach Luft schnappen oder mit seinen großen, schweren Flügeln schlagen, mit denen es in der schwarzen Finsternis umherflog.

„Schnell", rief Mit, „hier herunter!" Sie packte Ket an einem Arm und zog ihn hinter den Stalagmiten.

Dort kauerten sie beide eng zusammen und wagten kaum zu atmen. Um sie herum war es dunkel, bedrohlich und angsteinflößend. Und beide waren nun sicher, dass es hier in der großen Höhle außer ihnen noch etwas gab – etwas, das lebte.

Suchtrupp

Donny und Con würden etwas zu spät zu ihrer Verabredung mit Ket kommen. Sie waren mit den Rädern in die kleine Stadt Spoonbill Creek gefahren, um dort ein neues Gummiband für Donnys Harpune zu kaufen. Dadurch war es zu einer Reihe von Verzögerungen gekommen. An Cons Fahrrad hatte plötzlich die Kette geklemmt. Donny war mit dem Kinn voran auf die Kiesstraße gestürzt, nachdem er in einer ausgefahrenen Wagenfurche das Gleichgewicht verloren hatte. Und um dem Ganzen noch die Krone aufzusetzen, waren im Laden von Charlie Monks die Bänder für Harpunen ausgegangen, und so mussten sie sich mit einem gebrauchten Band zufrieden geben.

Bis sie alles erledigt hatten, war es schon Zeit zum Mittagessen. Es schien am vernünftigsten, sich etwas Essbares zu besorgen. Sie waren eben dabei, ein Stück Fleischpastete zu essen, als zwei Polizeiautos aus Victoria an ihnen vorbeisausten.

„Schau dir das an", sagte Donny. „Hier ist es bald so schlimm wie in Melbourne – überall Polizei."

„Das ist keine normale Polizei", antwortete Con. „Das sind hohe Tiere – Beamte in Zivil und Experten oder so was."

„Sie halten vor der Polizeiwache."
„Das tun sie immer."
„Komm, gehen wir und versuchen rauszufinden, was los ist."
Con lachte. „Du glaubst doch nicht, dass du auch nur ein Wort aus ihnen rausholen könntest."
„Wir brauchen sie ja nicht zu fragen. Nur daneben hinstellen und versuchen, irgendetwas aufzuschnappen."
„Mir scheint, du solltest Ohren wie ein Elefant haben", sagte Con. „Also los, dann komm."
Unterdessen kauerten Ket und Mit noch immer hinter dem Stalagmiten und starrten angestrengt in die Dunkelheit. Ihre Ohren waren hellwach, bereit, das leiseste Geräusch zu erhaschen. Plötzlich berührte Mit den Arm ihres Bruders.
„Schau", hauchte sie.
Ein schwacher Lichtschein tauchte in einiger Entfernung auf. Er schien von einem weit entfernt liegenden Punkt zu kommen, noch hinter jener Stelle, bis zu der sie vorgestoßen waren. Der Lichtschein war kaum erkennbar, doch kroch er wie die erste Andeutung der Morgendämmerung in Mulden und Löcher der Decke und Wände. Kurze Zeit später waren Geräusche zu hören. Diesmal gab es keinen Zweifel, dass sie von menschlichen Wesen herrührten; Schritte und ein Wirrwar von Stimmen.
Ket und Mit duckten sich noch tiefer, voller Furcht, dass sie plötzlich entdeckt oder von hinten ohne Vorwarnung überrascht würden. Der Lichtschein wurde noch ein wenig heller, und die Stimmen schienen eine Pause einzulegen. Direkt hinter dem mächtigen Felsvorsprung, den Ket vorhin schon

entdeckt hatte, musste irgendetwas vor sich gehen. Aber obwohl sie beide angespannt auf jedes Geräusch lauschten, war keiner von ihnen darauf gefasst, was sie nun zu hören bekamen. Mit einem Mal war die Luft erfüllt vom stotternden Röhren eines Benzinmotors, und einen Moment später war die ganze Höhle vor ihnen von Licht durchflutet.

„Zurück", zischte Mit. „Raus. Lass uns schnell rausgehen."

Sie krochen so schnell sie konnten zurück. Dabei folgten sie dem Faden und mussten darauf achteten, dass er nicht an den scharfen Felskanten hängen blieb und riss. Nach neun, zehn Metern umhüllte sie wieder die Dunkelheit, und das Labyrinth der Stalagmiten schirmte sie völlig gegen Blicke von unten ab. Sie selbst konnten die hell erleuchtete Höhle noch immer gut überblicken.

„Da hast du dein Motorrad", wisperte Mit in Kets Ohr.

„Kein Motorrad und auch kein Tauchgerät", gab er leise zurück. „Eine Lichtmaschine."

„Nur um die Höhle auszuleuchten?"

„Nicht nur dafür." Er presste ihren Arm. „Schau, da."

Die Gestalt eines Mannes bewegte sich auf die Felsplatte hinaus, die sich am Rande des Wassers befand. Er legte ein langes, ordentlich aufgerolltes Kabel auf den Boden nieder. Am Ende des Kabels befand sich eine gut abgedichtete Unterwasserlampe, die er behutsam auf den Kabelhaufen legte. Dann verschwand er wieder hinter dem Felsvorsprung zur Linken. Eine Minute später heulte die Maschine laut auf, und die Lampe am Ende des Kabels sandte strahlend helles Licht aus.

„Sie testen die Lampe", flüsterte Ket.
„Wofür?"
„Zum Tauchen unter Wasser", erklärte Ket. „Mit der Bogenlampe."
„Nach was, in aller Welt, könnten sie denn hier suchen?"
„Wer weiß. Sieh nur."
Der Mann kehrte zurück, gefolgt von zwei Männern in Tauchanzügen mit Flossen und Atemgeräten.
„Froschmänner", flüsterte Mit.
Ket nickte mit dem Kopf, ohne daran zu denken, dass Mit das in der Dunkelheit gar nicht sehen konnte. „Sie machen sich fertig zum Tauchen."
Jetzt waren die Worte eines Mannes, der der Anführer zu sein schien, ganz deutlich zu hören: „Denkt daran, höchstens zehn Minuten. Dann kommt ihr ganz langsam wieder hoch. Langsam."
Falls ihn die beiden Froschmänner verstanden hatten, so gaben sie es jedoch nicht zu verstehen. Sie rückten ihre Taucherbrillen und die Pressluftbehälter zurecht und watschelten wie große, hässliche Enten mit ihren Flossen unbeholfen umher. Einer von ihnen nahm das Ende der Sicherheitsleine auf, der andere die Lampe, und beide sprangen zusammen über den Rand ins Wasser. Der Aufprall ließ das Wasser hoch aufspritzen und gegen die Felsenplattform schlagen. Eine kurze Zeit lang sah man noch den flackernden Lichtschein unter der Wasseroberfläche, der aber langsam matter wurde, während die Taucher tiefer gingen. Schließlich sah man nur noch einen schwachen Lichtschimmer, der nach und nach ganz verschwand. Das Wasser war

wieder schwarz und glatt. Der Anführer stand am Rande der Felsplatte und reichte das Kabel von dem Haufen zu seinen Füßen langsam nach. Sein Blick wich nicht vom Wasser, als wäre er in Trance, bis das Kabel endlich schlapp wurde. Jetzt richtete er sich auf, streckte seinen Rücken und die Arme aus. Die Taucher hatten offensichtlich den Grund erreicht oder waren so tief gegangen, wie es ihrer Absicht gewesen war.

Minuten verstrichen. Die Maschine ratterte, die Schatten in der Höhle lagen still und dunkel da. Der Mann am Rande wischte sich seine Hände an der Hose ab und fummelte in seiner Tasche nach einem Päckchen Zigaretten. Einen Augenblick später zündete er ein Streichholz an, und seine Gesichtszüge waren für einen Moment deutlich zu sehen.

Mit stieß Ket heimlich mit dem Ellbogen an. „Bissey", flüsterte sie in sein Ohr. „Brian Bissey."

„Bist du sicher?"

„Ganz sicher."

„Hätte ich mir fast denken können", gab Ket leise zurück. „Was hat er bloß vor, Menschenskind?"

„Muss ihm ziemlich wichtig sein, wenn man bedenkt, was er so alles in Bewegung setzt."

„Aber wie um alle Welt ist er hier reingekommen?"

„Es muss noch einen anderen Zugang geben."

Bissey drehte sich plötzlich um und starrte in ihre Richtung. Einen entsetzlichen Moment lang schien es, als hätte er etwas gehört oder eine Bewegung gesehen. Mit und Ket sanken in sich zusammen und trauten sich kaum mehr, Luft zu holen. Aber dann stellten sie fest, dass er ohne ein be-

stimmtes Ziel seine Blicke über das Innere der Höhle gleiten ließ. Die Zigarette glühte in kurzen Abständen auf, wenn er daran zog. Die Zeit verging. Er warf einen Blick auf seine Uhr und wandte sich dann wieder dem Wasser zu.
Mit und Ket atmeten erleichtert auf.
„Ich habe mich eben fast zu Tode geängstigt", flüsterte Ket. „Ich dachte, er hätte uns entdeckt."
„Ich auch", hauchte Mit.
„Ich wünschte, wir könnten weiter zurückgehen."
„Dann würde er uns sicher sehen."
„Ich kriege einen Krampf in die Beine. Ich kann nicht mehr lange so sitzen bleiben."
„Jetzt kannst du dich nicht bewegen. Wir müssen noch warten."
Bissey schaute wieder auf seine Uhr und starrte dann mit ernstem Gesichtsausdruck ins Wasser. Sein Schatten fiel an die Höhlenwand, mächtig und ins Groteske verzerrt. Die Maschine tuckerte gleichmäßig vor sich hin. Mit und Ket waren für das Geräusch dankbar, denn es überdeckte ihr Geflüster und übertönte jeden zufälligen Laut, den sie verursachten.
„Die Zeit müsste jetzt eigentlich um sein", sagte Mit ruhig. „War nicht besonders lange, oder?"
„Sie müssen in großer Tiefe arbeiten. Das heißt, sie können nur ganz, ganz langsam hochkommen."
Wieder warteten sie. Unendlich lange Zeit schien zu vergehen. Bissey wurde jetzt unruhig. Er schritt auf und ab, schaute ungeduldig umher und warf immer wieder einen Blick auf seine Uhr.

„Zu lange", sagte Ket. „Sie brauchen zu lange."
Doch genau in diesem Moment presste Mit seinen Arm. „Siehst du, da!"
In der Tiefe des Wassers flackerte ein Lichtschimmer auf. Bissey lehnte sich eifrig nach vorn. Das Licht kam höher, blieb stehen, kam noch ein Stückchen höher und verharrte erneut, immer in regelmäßigen Abständen von drei, vier Minuten. Schließlich tauchten die Froschmänner in einem Schwall von Wasser auf wie prustende Wale. Langsam schwammen sie zum Ufer, reichten Bissey die Lampe, schwangen sich auf die Felskante hoch und setzten sich hin. Sie nahmen ihre Taucherbrillen ab, zogen die Flossen aus und standen auf. Sie redeten gestikulierend durcheinander. Es war schwierig für Ket und Mit zu verstehen, um was es da unten ging, aber es war klar, dass die Taucher nicht gefunden hatten, wonach sie suchten. Sie schüttelten ihre Köpfe und diskutierten heftig. Worte und Bruchstücke von Sätzen ohne Zusammenhang hallten durch die Höhle, ergaben jedoch für Ket und Mit keinen Sinn. Zwei- oder dreimal hörten sie die Wörter „tief" und „geht nicht" und „zwecklos" und einmal ein ärgerliches „vier verdammte Tage für die Katz".
Ket und Mit mochten sich noch so anstrengen, den wirklichen Grund für die Anwesenheit der Taucher und wonach sie eigentlich suchten, konnten sie nicht erfahren. Als die Diskussion zu Ende zu gehen schien, hörten sie ganz deutlich „zurück nach Melbourne" und das Wort „Elektromagnet", das von allen häufig wiederholt wurde. Offensichtlich hatten sie einen Entschluss gefasst, obwohl Brian

Bissey einen enttäuschten und verärgerten Eindruck machte. Kurz danach packten die drei Männer ihre Sachen zusammen und legten sie auf einen Haufen, ein paar Meter von der Wasserkante entfernt. Dann verschwanden sie hinter dem Felsvorsprung.

Ein paar Augenblicke später wurde das Rattern der Maschine langsamer, bis es schließlich erstarb und die Lichter ausgingen.

Die Stille und die Dunkelheit waren merkwürdig. Es war so als ob Mit und Ket mit einem Schlag taub und blind geworden wären. Sie brauchten ein, zwei Minuten, bis sie sich daran gewöhnt hatten. Sie hörten noch, wie sich die Schritte der Männer langsam entfernten, und sahen, wie das Licht einer Lampe oder einer anderen Lichtquelle immer schwächer wurde. Dann waren sie allein.

„Sie sind weg", sagte Ket aufatmend. „Knips eine Lampe an."

„Nein, warte noch", sagte Mit sanft. „Sie könnten den Lichtschein vielleicht noch sehen."

„Die sind jetzt schon aus der Höhle raus."

„Es ist besser, wenn wir vorsichtig sind. Lass ihnen noch eine Minute Zeit."

Ket war in der langen Zeit ganz steif und kribbelig geworden. „Wenigstens kann ich jetzt meine Beine wieder ausstrecken. Ich bin stocksteif. Wenn man so verkrampft sitzen muss …"

„Du wärst für immer und ewig steif gewesen, wenn sie dich entdeckt hätten."

„Darauf kannst du Gift nehmen", entfuhr es Ket.

„Wir haben noch Glück gehabt. Genauso gut hätten wir mitten in sie reinlaufen können!", sagte Mit.

„Weißt du, was wir tun sollten? Wir sollten ihnen folgen. Herausfinden, wo ihr Zugang zur Höhle ist. Ich wette mit dir, dass er am Steilhang des Bergrückens ist. Wahrscheinlich in einer dieser kleinen offenen Höhlen. Bissey müsste sich da auskennen."

Mit stand auf und zündete ihre Stablampe an. „Nein, danke. Wir haben unser Glück schon genug strapaziert. Wir machen besser, dass wir rauskommen, da wo wir reingekommen sind. Roll den Faden auf."

„Jetzt brauchen wir uns nicht mehr zu beeilen. Sie werden vor ein, zwei Tagen nicht zurück sein, nicht, wenn sie erst nach Melbourne fahren."

„Denk nicht an sie. Denk an uns!"

„Wir werden morgen mit Mutter und Vater zurückkommen. Sie könnten diese Höhle für Touristen herrichten. Und wir könnten ein Vermögen damit machen."

„Vater würde das nie tun. Das weißt du doch. Viel eher würde er die Eingänge zuschütten und keinen Ton davon sagen!"

„Bissey wird zurückkommen – mit einem abgedichteten Elektromagneten."

„Was meinst du, wozu er den braucht?"

„Wozu wohl! Um den Schatz zu heben – muss was aus Metall sein – Eisen oder Stahl. Vielleicht eine Stahlkassette oder so was."

Sie gingen den Weg zurück so schnell sie konnten. Ket rollte eifrig den Faden auf, während sie sich vorwärts tasteten.

„Ich kann da nicht ganz folgen", sagte Mit nach einer Weile. „Wenn alle Gerüchte über den Schatz in *Chadwick's Chimney* stimmen, was fischen sie dann in dieser Höhle herum?"

„Ich vermute, dass die beiden irgendwie miteinander verbunden sind."

„Wer ist miteinander verbunden?"

„Der *Kamin* und die Höhle hier."

„Aber selbst, wenn das stimmt – das weiß doch keiner."

„Vielleicht Bissey. Oder er vermutet zumindest, dass es so ist."

„Aber warum gehen sie dann nicht durch den *Kamin* runter?"

„Das wäre erstens zu gefährlich und zweitens zu sehr in der Öffentlichkeit. Jedermann würde davon erfahren. Besonders aber die Polizei."

Mit sagte frei heraus: „Ich glaube, genau da sollten wir jetzt hingehen."

„Was? Zur Polizei?"

„Warte erst, bis Vater heimkommt. Er wird darüber entscheiden."

„Er wird uns erst mal kräftig die Leviten lesen, weil wir allein hier runter sind."

„Kann schon sein", gab Ket ihr gelassen recht.

Sie erreichten das enge Loch, wo der Tunnel in die Höhle mündete, und zwängten sich hindurch. Nachdem sie vier oder fünf Meter auf dem Bauch gekrochen waren, konnten sie bald wieder auf allen vieren und schließlich in gebückter Haltung gehen.

„So ist es wesentlich bequemer", meinte Mit.
Eine Weile später sahen sie den ersten Schimmer des Tageslichtes und die ersten verschlungenen Wurzeln über sich. Dann erreichten sie den Boden des Schachtes und begannen die Wand hochzuklettern, zum Eingang hinauf, dem Tageslicht entgegen. Mit einer letzten Anstrengung zogen sie sich auf die felsige Oberfläche hoch.
„Endlich wieder Sonnenschein", seufzte Mit erleichtert. „Ist es nicht wunderbar?"
„Gutes Gefühl", stimmte Ket zu.
Sie schwang ihre Arme hoch in die Luft und atmete tief ein.
„Ach, wie schön. So warm und freundlich und – so lebendig. Nicht wie das schwarze Loch da unten."
„Wenigstens kann man was sehen."
„Ich hätte nie gedacht, wie wunderbar es sein kann – der Himmel und die Wolken und der Wind in den Bäumen. Ich könnte nie und nimmer unter der Erde leben." Sie wandte sich Ket zu. „Wie spät ist es?"
„Mittag, vermute ich." Er blickte auf seine Uhr. „Viertel vor zwölf."
„Denk nur. Da unten meint man, es wäre Mitternacht. Dabei hat hier oben die ganze Zeit die Sonne geschienen."
„Da unten ist immer noch Nacht."
Mit machte sich daran, die Pferdekoppel zu überqueren.
„Ich muss Hero noch abspritzen und bürsten. Dann essen wir zu Mittag."
Ket fiel plötzlich etwas ein. „Mann, ich wollte mich doch mit Donny und Con treffen. Zum Harpunen-Fischen. Die werden ganz schön sauer sein."

Mit wandte sich um und rief zurück: „Sag ihnen bloß nichts davon. Nicht bevor Vater zurückkommt."
„Ist schon recht. Das werde ich sicher nicht tun."
„Du weißt, was für ein Plappermaul Donny ist."
„Ja, ich weiß."
Ket wickelte den Faden vollends auf. Plötzlich merkte er, dass er sehr müde war und so hungrig wie ein Wolf.

Die Schatztaucher

Es war schon fast zwei Uhr, als Ket endlich aufbrach, um sich mit Donny und Con wie verabredet am Spoonbill Creek zu treffen. Sein Fahrrad war beladen wie ein Lastesel, aber er trat in die Pedale, so fest er konnte, wobei er versuchte, in der Mitte der Straße zu bleiben, um nicht in den losen Kies am Straßenrand zu geraten. Er hatte noch nicht ganz zwei Kilometer zurückgelegt, als er erstaunt feststellte, dass Donny und Con ihm entgegenkamen.

Zuerst dachte er, sie wären des Wartens überdrüssig geworden und hätten sich aufgemacht, um festzustellen, wo er steckte. Aber das schien sie überhaupt nicht zu kümmern, keiner der beiden fragte ihn, warum er sich verspätet hatte oder wo er gewesen war.

Stattdessen bekam er zu hören, was sie heute Morgen in der Stadt erfahren hatten – nicht von der Polizei, sondern von Charlie Monk, im General Store und von Eddie Smith, dem Frisör, und von dem alten Rudolf Schultz in der Bäckerei. Da gab es gar keinen Zweifel, behauptete Donny, dass etwas ungeheuer Wertvolles in den *Chadwick's Chimney* gefallen war, und zwar bei einem Autounfall. Die Polizei wusste eine Menge mehr, als sie verlauten ließ.

„Der Wagen bei dem Unfall war kein gewöhnlicher Pkw", sagte Con, „sondern ein Lieferwagen."

„Also gut, es war ein Lieferwagen", stimmte Donny ungeduldig zu.

„Er hat sich überschlagen", fuhr Con fort, „genau wie Knuckles es beschrieben hat."

Ket sagte kein Wort, obwohl es ihm schwer fiel, nicht mit seinem Wissen herauszuplatzen. Zu gern hätte er gesagt: ‚Ja, ich weiß, wo der Lieferwagen versteckt ist: im Gebüsch bei der alten Pump Road, und heute Nachmittag gehe ich wieder hin, um zu sehen, was dort alles vor sich geht.' Aber er wusste, dass Donny die Neuigkeit hemmungslos sofort im ganzen Land verbreiten würde, noch bevor er sie richtig vernommen hatte. Im Moment war es besser, die Sache für sich zu behalten.

„Und dasselbe ist mit den Kerlen aus Melbourne", berichtete Donny weiter.

„Was ist dasselbe?"

„Geheimnisvolle Dinge. Viel mehr, als die Leute erzählen."

„Was für geheimnisvolle Dinge?", wollte Ket wissen.

„Diese Brian-Bissey-Sache. Er und seine Kumpel sind nur ins *Schwarze Loch* runtergegangen, um die Aufmerksamkeit vom *Kamin* abzulenken. Wäre natürlich ein dummer Zufall, wenn sie dabei ertrunken wären."

Ket warf Donny einen überlegenen Blick zu. „Brian Bissey ist nicht ertrunken", platzte er heraus und wünschte sich gleich danach, er hätte sich erst mal kräftig auf die Zunge gebissen.

„Woher willst du das wissen?", fragte Con.

„Ich glaube nicht, dass er ertrunken ist", sagte Ket etwas lahm.

„Es sollte ein Trick sein." Donny war sich seiner Sache sehr sicher. „Was wirklich zählt, hat mit dem *Kamin* zu tun."

„Was meinst du damit, was zählt?"

„Der Schatz."

„Den Schatz, von dem alle reden, kannst du dir meinetwegen an den Hut stecken", sagte Ket. „Das sind alles nur blödsinnige Gerüchte."

„Nein, das stimmt nicht. Es ist alles wahr."

Beide, Donny und Con, waren vor Aufregung über die Geschichten und den verlockenden Reichtum ganz hin und her gerissen. „Wir werden selbst mal was in der Sache unternehmen, Donny und ich."

„Was soll das heißen?"

„Wir wollen den Schatz suchen."

Ket riss die Augen vor Entsetzen weit auf. „Dort unten?" Er zeigte mit dem Kopf in Richtung auf Carters Weide, die ganz in der Nähe lag.

„Warum nicht?"

„Dich haben sie wohl zu lange in der Sonne stehen lassen?"

„Du musst mitmachen."

„Du spinnst. Nicht in *Chadwick's Chimney*. Das kann nicht dein Ernst sein. Da gehen nicht mal erfahrene Taucher runter. Nicht mal Leute mit einer Spezialausbildung."

„Die würden es auch tun, wenn sie wüssten, dass da unten eine saftige Million Dollar auf sie wartet."

„Eine saftige Million Dollar", äffte Ket ihn nach. „Was für ein Quatsch."

Donny begann ärgerlich zu werden. „Du brauchst gar nicht so überlegen zu tun, Ket. Was weißt du schon darüber?"
Ket war stark in Versuchung, ihnen zu sagen, dass er eine ganze Menge mehr wusste als sie, aber gleichzeitig wurde ihm bewusst, wie wichtig es war, den Mund zu halten, bis sein Vater zurückgekehrt war. Andererseits war es ebenso wichtig – außerordentlich wichtig sogar – zu verhindern, dass Donny und Con in *Chadwick's Chimney* ertranken.
„Selbst wenn jemand eine Menge Geld dort unten finden würde, dürfte er es nicht behalten."
„Aber du vergisst die Belohnung", sagte Con. „Tausende und abertausende von Dollars."
„Kommt darauf an, wem es gehört."
„Wem was gehört?"
„Das Geld natürlich – oder die Juwelen oder was immer es ist."
Ket überlegte eine Sekunde lang. „Bei Papiergeld würde es sich sowieso nicht lohnen. Das wäre so matschig wie Haferbrei."
„Nicht wenn es sich in einer Kassette befände, in einer Metallkassette. Dann nicht."
Ket kam langsam in Bedrängnis. Es fiel ihm nicht mehr viel ein, sie von ihrem Vorhaben abzubringen. In Gedanken sah er die Szene in der Höhle: Brian Bissey und die beiden Froschmänner, die von einem Unterwasser-Elektromagneten gesprochen hatten.
„Und überhaupt", sagte jetzt Con. „Es können auch Juwelen sein oder Goldbarren oder so was."
„Oder Drogen in Plastikbeuteln."

Weder Con noch Donny hielten viel von dieser Idee.

„Es ist Geld, glaube ich", sagte Donny bestimmt. „Gestohlenes Geld."

„Dann werden die Polizisten wie Bluthunde dahinter her sein."

„Sind sie ja auch", antwortete Con. „Aber sie haben nichts gefunden."

„Wieso glaubst du dann, dass du etwas finden kannst?"

Für einen Augenblick war es still. „Es gibt eben nur einen Weg herauszufinden, wer Recht hat", sagte Donny altklug, „und das ist, selbst nach dem Schatz zu suchen."

Ket wusste sich nicht mehr zu helfen. „Es gibt keinen Schatz."

„Komm mit runter, dann werden wir es sehen", entgegnete Donny nur.

„Mach keine schlechten Witze. Du würdest mich dort nicht hinunterbringen, nicht mal, wenn tausend Dollar an der Oberfläche herumschwimmen würden."

„Hast du etwa Angst?"

Jetzt fuhr Ket ärgerlich auf. „Ich habe keine Angst. Ich bin nur vernünftig. Selbst mein Vater würde nicht da runtergehen, und wenn einer keine Angst hat, dann mein Vater!"

„Ich habe schon mal in Höhlen getaucht", sagte Con. „Da ist nichts dabei, wenn du 'ne Sicherheitsleine und eine gute Lampe hast."

„Das stimmt", sagte Donny eifrig. „Also, gehen wir."

Ket flehte sie an, und er brachte alle Einwände vor, die ihm nur in den Sinn kommen wollten, aber am Ende konnte er sie doch nicht aufhalten. Ein gefährliches Fieber hatte sie gepackt, und nichts und niemand konnte sie davon befreien. In seiner Verzweiflung versuchte er sogar, sich ihnen in den Weg zu stellen, aber sie drückten ihn grinsend zur Seite, warfen ihre Sachen durch den von Carter extra angebrachten Schutzzaun und fingen an, ihre Tauchanzüge überzustreifen.

Ket war in der größten Gewissensnot seines Lebens. Was sollte er jetzt tun? Wegrennen? Bleiben und helfen? Voller Wut in die Stadt fahren und Alarm schlagen? Wenn nur sein Vater zu Hause gewesen wäre! Er hätte gewusst, was zu tun war.

Schließlich entschied sich Ket zu bleiben, wo er war, und abzuwarten. Er sah zu, wie Donny und Con ihre Pressluftflaschen, die Lampen und Leinen überprüften und wie sie ihre Taucherbrillen aufsetzten. Dann gingen sie hinüber zum Rand des Kamins, befestigten die Sicherheitsleine an einem Pflock und machten sich daran, die Leiter ins Wasser hinunterzuklettern.

Ket war vor Angst völlig außer sich. In seinem Magen hatte sich ein dicker Knoten festgesetzt. Er wollte sie noch einmal bitten zurückzukommen, es sich noch einmal zu überlegen, aber er wusste, dass es keinen Zweck hatte. Stattdessen rief er ihnen eine letzte Warnung zu, und er hoffte, dass sie daran dachten, wenn sie hinuntertauchten: „Fünf Minuten! Nur fünf Minuten! Keine Sekunde länger! Habt ihr gehört? Dann kommt ihr vorsichtig hoch! Ganz langsam, ganz, ganz langsam!"

Con nickte und gab mit Daumen und Zeigefinger das Okay-Zeichen.

„Bitte denkt daran – ganz, ganz langsam auftauchen!", bat Ket sie immer wieder.

„Ja, ja, ja", murmelte Donny unwirsch durch die Maske.

„Ich ziehe zur Warnung an der Leine", schrie Ket, nahm die Sicherheitsleine hoch und demonstrierte es.

Con nickte noch einmal. „Okay", rief er.

Ket beobachtete, wie sie unbeholfen die Leiter hinunterstiegen und sich ins Wasser gleiten ließen. Sie sahen so entsetzlich klein und hilflos aus, wie Tiere, die weit unten in einem Brunnenschacht gefangen waren. Einen kurzen Augenblick lang hielten sie sich noch an der untersten Sprosse fest, um ihre Flossen zurechtzurücken, dann knipsten sie ihre Lampen an.

Schließlich sanken sie ins Wasser hinunter und verschwanden. Zurück blieben sich kräuselnde Wellen, die sich schnell glätteten.

Ket schaute auf die Uhr und wartete. Viertel vor drei. Dies war einer der schlimmsten Augenblicke seines Lebens. Er stand am Rande des Schachtes und starrte auf den dunklen, runden Wasserfleck dort unten. Wenn seine beiden Freunde in diesem Augenblick über eine Klippe ins Meer gefallen wären, hätte er weniger Angst um sie gehabt. Die Warnungen seines Vaters, wenn dieser von den Gefahren des Höhlentauchens erzählt hatte, drehten sich wie Mühlräder in Kets Kopf: Die Dunkelheit und Tiefe, die scharfen Kanten und verworrenen Gänge, die aufwirbelnden Wolken feinen Schlammes, der Tiefenrausch und die ständige Bedrohung durch die Bläschenbildung im Blut des Tauchers ...

Die leere Wasseroberfläche schien ihn geradezu zu hypnotisieren, und er blickte schnell zur Seite, aus Furcht, schwindelig zu werden und kopfüber hineinzustürzen. Um ihn herum war alles munter und hell; hohe federleichte Wolken, warmer Sonnenschein, blökende Schafe, leicht dahinziehende Vogelschwärme. Alles war geschäftig und voller Leben. Was für ein Gegensatz, hatte Mit gesagt, zu der Welt, die dunkel und kalt, nass und gefährlich unter seinen Füßen ruhte.

Es war zehn Minuten vor drei. Wenn Donny und Con etwas Bestimmtes am Grunde der Höhle finden wollten, dann musste es spätestens jetzt, in diesem Moment passieren. Wenn sie dabei nur nicht zu tief gingen! Sonst würden sie sich ganz schnell im Land der Träume wiederfinden – im Tiefenrausch, dem wundervollen Kuss des Todes, wie sein Vater einmal formuliert hatte. Aber Donny konnte ein richtiger Pirat sein, und seine Gier nach dem versenkten Schatz war vielleicht so groß, dass er ein Risiko einging und achtzig, neunzig, ja hundert Meter tief hinuntertauchte. Und wenn er das tat ...

Sieben Minuten bis drei. Jetzt sollten sie hochkommen. Hoffentlich dachten sie daran, ganz langsam aufzutauchen. Um nicht ihre Lungen zum Bersten zu bringen, um nicht zu ersticken, um nicht Muskelkrämpfe zu riskieren. Ket kniete am Rande des Einstiegs nieder und hielt sich am oberen Ende der Leiter fest. Angestrengt starrte er in die lautlose Finsternis unter sich. Ohne dass er sich dessen bewusst wurde, waren die Knöchel seiner Hand weiß, so sehr verkrampfte er sich. Zweimal zog er an der Leine. Besser zu früh als zu spät! Er lehnte sich weit über den Rand, verrenkte sich, um einen Lichtschimmer zu erhaschen, ein erstes schwaches Anzeichen ihrer Rückkehr.

Aber da war nichts; kein noch so winziger Lichtschein, keine aufsteigenden Blasen. Nicht die leichteste Bewegung im Wasser. Einfach nichts.

Die Zeit wurde knapp. Er blieb, wo er war, klammerte sich an das obere Ende der Leiter und zog in kurzen Abständen an der Leine. Immer noch nichts. Jetzt blieb ihm nichts anderes übrig, als verzweifelt zu hoffen. Er redete es sich immer wieder ein, dass trotz der schlechten Anzeichen alles in Ordnung war. Dass sie einfach ein wenig langsamer als nötig hochkamen, nur um ganz sicherzugehen. Vor allem, was zählte eine Minute, wenn der Tank noch halb voll war und die Sicherheitsleine intakt. Noch einmal zog er daran. Lang und fest.

Zwei Minuten über die Zeit. Er konnte sich nicht mehr länger etwas vormachen, konnte sich nicht mehr gegen die entsetzliche Furcht wehren, die sich in ihm festkrallte. Was konnte sie aufhalten? Was, in aller Welt, konnte sie so lange aufhalten? Wie lange hatten andere vor ihm in einer ähnlichen Lage am *Schwarzen Loch* oder vor dem *Drachenmaul* oder der *Rattenfalle* gewartet, bevor sie davonhetzten, um Alarm zu schlagen?

Drei Minuten über die Zeit. Ket hielt es keine Sekunde länger aus. Er musste etwas tun, musste etwas unternehmen. Es war leichter, sich zu beschäftigen, als kaltblütig abzuwarten. Er konnte vom Rand aus eine Lampe unter Wasser halten, um sie an dem Lichtstrahl zurückzuführen. Er konnte sogar selbst ins Wasser gehen, nach ihnen suchen und helfen, wenn sie Probleme hatten. Seine Ausrüstung war komplett: Taucheranzug, Pressluftflasche, Taucherbrille, Flossen und die Lampe.

Nachdem er sich einmal entschlossen hatte, arbeitete er fieberhaft. Wenn Donny und Con in Schwierigkeiten waren, war Eile lebenswichtig. Falls ihnen nichts passiert war, war es immer noch besser, seine Energie in Tat umzusetzen, anstatt sich der lähmenden Angst zu ergeben. Seltsam, jetzt, wo er wusste, dass er in die Höhle hinuntertauchen würde, dachte er nicht mehr an die Gefahr. Er dachte nicht einmal mehr an die schrecklichen Warnungen seines Vaters. Er ging einfach hinunter, um nach Donny und Con zu sehen und ihnen beizustehen, falls sie Hilfe benötigten.

Sobald er bereit war, kletterte er die Leiter hinunter. Auf der letzten Sprosse überprüfte er Lampe und Zuleitungsventil. Die im strengen Training seines Vaters erlernten Verhaltensweisen hatten sich ihm zu sehr eingeprägt, als dass er die Sicherheitsmaßnahmen hätte vergessen können.

Er sprang ins Wasser. Für eine kurze Zeit schwamm er im Kreis auf der Wasseroberfläche herum. Als er nach oben blickte, wurde ihm beinahe schwindelig vor Schreck, so weit war der Himmel entfernt.

Er nahm die Sicherheitsleine, richtete seine Lampe darauf und ließ sich langsam ins Wasser hinabsinken. Nach ein paar Metern machte er eine Pause und leuchtete mit der Lampe um sich. Vielleicht war das auch ein Zeichen für die anderen? Doch nichts geschah. Er ließ sich ein wenig tiefer sinken und bewegte die Lampe erneut im Kreis. So eindringlich wie nie zuvor war ihm bewusst, wie wichtig die

Sicherheitsleine war. Ohne sie hätte er keine Chance, den Einstiegsschacht je wieder zu finden.

Unentschlossen hielt er inne, dann ließ er sich noch ein wenig tiefer sinken. Immer noch nichts von den Freunden zu sehen! Jetzt bekam er es mit der Angst zu tun. Irgendetwas war schief gelaufen mit Donny und Con.

Jetzt musste er sich entscheiden – entweder ganz tief zu tauchen und den Druck und die Vergiftung zu riskieren oder aufzugeben und zur Oberfläche zurückzukehren.

Im selben Moment, in dem er sich entschlossen hatte, tief hinunterzutauchen, flackerte ein schwaches Licht im Wasser vor ihm auf, und in einiger Entfernung konnte er verschwommen zwei Gestalten erkennen. Sie bewegten sich langsam. Ket schwang seine Lampe wild auf und ab. Sein Herz klopfte vor Erleichterung.

Zuerst schienen die beiden verwirrt oder erschrocken, und Ket musste auf sie zuschwimmen, die Sicherheitsleine neben sich herführend. Erst dann schienen sie ihn zu erkennen. Ket gab wieder ein Zeichen, deutete auf die Leine und zeigte nach oben.

Langsam schwamm er auf dem Rückweg voran, regelmäßig Pausen einlegend. Er fühlte sich ungeheuer erleichtert und glücklich. Obwohl Donny und Con mit leeren Händen zurückzukehren schienen, waren sie wenigstens in Sicherheit. Und alle schrecklichen Ängste der letzten zehn Minuten hatten sich als bedeutungslos erwiesen.

Ket ahnte nicht, dass ihnen das Schlimmste noch bevorstand.

Eine schreckliche Wahl

Schnell tauchten sie, einer nach dem anderen, an die Oberfläche. Wenn sie ihre Rücken gegen die Außenwand pressten und die Arme dicht am Körper hielten, war gerade genug Platz für sie alle. Donny und Con hingen am Ende der Leiter, und Ket hielt sich an einem vorstehenden Felsstück fest. Sie schoben die Tauchmasken nach oben und entspannten sich, schnaufend und prustend.

„Was ...", fragte Ket schließlich, „was habt ihr euch eigentlich dabei gedacht, so lange unten zu bleiben?"

„Wir haben uns verirrt", sagte Con und versuchte, seine aufgewühlten Gefühle zu unterdrücken.

„Mann, oh Mann", sagte Ket vorwurfsvoll. „Wie konntet ihr euch verirren mit einer Sicherheitsleine?"

„Sie ist uns entglitten", sagte Con verlegen. „Ist aus der Zwinge gerutscht."

„Ihr habt sie losgelassen! Ja, um Himmels willen, habt ihr sie denn nicht richtig befestigt?"

„Ich weiß nicht, wie das passieren konnte."

Ket war einfach platt. „Wie kann man nur so etwas Dämliches tun. Ihr hättet ertrinken können. Alle beide."

Con war völlig am Boden zerstört. „Wahrscheinlich wäre

das auch passiert, wenn du uns nicht entgegengekommen wärst."

Donny hatte noch kein Wort gesagt. Er klammerte sich mit weißem Gesicht an die Leiter und war zutiefst geschockt. Seine Brust hob sich schwer.

„Junge, Junge, da unten ist es vielleicht unheimlich", sagte er nach einer Weile. „Keinerlei Orientierungspunkte, nach denen man sich richten könnte. Nichts."

„Was erwartet ihr eigentlich, ihr Schnorchler?", fragte Ket. „Eine Straße mit schön bemalten Verkehrszeichen?"

Sie gaben ihm keine Antwort. Langsam erholten sie sich von dem Schrecken.

„Trotzdem ..." fragte Ket zuletzt, „was habt ihr gefunden? Goldtaler?"

Cons Gesicht bekam einen gequälten Ausdruck. „Nichts."

„Was zum Teufel habt ihr denn dann getan?"

„Wir haben versucht, bis zum Grund zu gelangen."

„Dazu habt ihr aber ganz schön lange gebraucht. In meinem ganzen Leben habe ich noch keine solche Angst ausgestanden. Ich dachte schon, jetzt hat's euch erwischt." Er machte eine Pause. „Wie tief seid ihr runter?"

„Ich weiß nicht. Ziemlich tief."

„Nicht zu tief, oder?" Er beobachtete Donny aufmerksam. „Geht es dir gut, Donny? Keine Schmerzen oder so was?"

Donny schüttelte den Kopf. „Nein, nur völlig erschöpft – und die Angst steckt mir noch in den Knochen."

Ket blickte auf das Stück Tageslicht über ihnen. Die Sprossen der Metallleiter führten hinauf wie dünne Rippen.

„Wir sollten jetzt raus aus dem Wasser."

Con versuchte, eine andere Position einzunehmen. „Donny sollte zuerst gehen. Er ist völlig im Eimer."

Sie manövrierten in dem engen Schacht herum, um Donny so viel Platz wie möglich zu verschaffen, aber es erwies sich als ziemlich schwierig. Seine Pressluftflasche schlug gegen die Felswand, und seine Flossen rutschten immer wieder auf der nassen Sprosse aus. Dreimal fiel er zurück ins Wasser, schwerfällig wie ein Walross.

„Ich weiß, was wir tun", sagte Ket. „Ich gehe auf die erste Sprosse rauf und hebe dich zu mir hoch."

Ket war ein breitschultriger Junge mit kräftigen Armen und Gelenken, aber er brauchte alle Kraft, um sich aus dem Wasser auf die erste Leitersprosse hinaufzuziehen.

„Das ist vielleicht 'ne Kinderfalle", sagte er und klammerte sich schnaufend an die Sprossen. „Man sollte ein Schild anbringen, das jeden darauf hinweist, wie schwierig es ist, mit dem ganzen Zeug am Leib aus dem Wasser rauszukommen."

Er drehte sich um, hielt sich mit festem Griff an der dritten Sprosse fest und beugte sich nieder, um Donny eine Hand entgegenzustrecken. „Con, du musst noch 'ne Weile unten bleiben", sagte er, „bis Donny oben in Sicherheit ist. Dann kann ich dich hochziehen."

„Keine Eile. Ich kann warten."

Beide verteilten noch ein paar gute Ratschläge an Donny, während er sich aufraffte, um den Aufstieg noch einmal zu versuchen.

„Wenn du bereit bist, lass es hören", rief Ket. „Ich verpasse dir dann den entsprechenden Schwung."

„Okay."
„Fertig?"
„Warte noch 'ne Sekunde."
„Lass dir Zeit."
„Ich glaube, jetzt geht es."
„Fertig?"
„Ja."
„Also, dann. Jetzt!"

Donny schwang sich mit einem verzweifelten Strampeln hoch, und Ket packte ihn mit aller Kraft. Einen kurzen Augenblick lang hingen beide halb in der Luft, ihre Arme und Beine gegen die unteren Sprossen der Leiter gepresst, doch die Belastung war zu groß für das rostige Gestell.

Mit einem kleinen, scharfen Knall, fast wie ein Hammerschlag, knickten die Seitenstangen, und der untere Teil der Leiter fiel ins Wasser. Ket und Donny verloren den Halt und stürzten ineinander verschlungen in die Tiefe. Hals über Kopf wirbelten sie im Wasser tief hinunter. Während sie sich wieder an die Oberfläche hochkämpften, prustend und hustend, sank das abgebrochene Stück der Leiter ungehindert bis zum Grund von *Chadwick's Chimney*.

„Ich habe meine Lampe verloren", schrie Donny, sobald er oben auftauchte. „Die Leiter hat sie mitgerissen."

„Mist!", rief Ket aus und schnaubte, da er Wasser in die Nase bekommen hatte.

Es dauerte noch eine ganze Weile, bis ihnen das Entsetzliche ihrer Lage bewusst wurde. Aber während sie an den senkrechten Wänden und dem glatten feuchten Fels hochstarrten, ging ihnen auf, was der Verlust der Leiter tatsächlich bedeutete. Nun traf sie die Hoffnungslosigkeit und ihre eigene Hilflosigkeit mit voller Wucht.

„Und was machen wir jetzt?", fragte Con mit weit aufgerissenen Augen.

Ket hustete immer noch.

„Da kommen wir nicht rauf", sagte Donny. „Nicht die geringste Chance."

Es war schwierig, sich längere Zeit an der Oberfläche zu halten. Außer dem kleinen Felsvorsprung gab es nichts, woran man sich festklammern konnte, und einer von ihnen musste sich immer schwimmend oder wassertretend vor dem Absinken bewahren.

Der verbliebene Rest der Leiter über ihren Köpfen erschien ihnen wie eine höhnische Herausforderung. Kurz und nur bis zur Mitte des Schachtes herunterhängend, war das Leiterstück völlig außer Reichweite.

„Keine Aussicht, an sie ranzukommen", sagte Con tonlos.

„Keine Chance", bestätigte Donny. „Dazu brauchte man Arme wie ein Polyp."

„Wenn wir versuchen die Leine hochzuwerfen?"

„Geht nicht. Ist viel zu hoch und die Leine zu dünn."

„Oder etwas, um ein Signal zu geben?"

„Wer würde schon hier nach uns suchen? Dazu braucht man eine Rakete."

„Was machen wir also?"

Beide blickten sie Ket an, der langsam wieder normal atmen konnte.

„Man denkt gar nicht daran, dass einem so etwas passieren könnte", sagte Con jammernd.

„Wenn wir nur ein Seil hätten", wiederholte Donny mutlos. Con blickte wieder Ket an. „Was meinst du, Ket?"

„Wir müssen uns was einfallen lassen", antwortete Ket mit heiserer Stimme. „Und zwar schnellstens."

Jetzt stand Donny und Con die Angst ins Gesicht geschrieben. Furcht und Hoffnungslosigkeit lähmten sie. Über ihnen befand sich ein unerreichbarer Ausgang; unter ihnen, dunkel, unheimlich und unermesslich tief, das Wasser von *Chadwick's Chimney*. Niemand wusste, dass sie hier waren. Wenn endlich Alarm geschlagen wurde, würden die Suchtrupps hinaus ins Land um Spoonbill gehen und Tage damit zubringen, das Schilf zu durchkämmen und den Grund des Sees abzusuchen.

Und lange bevor sie damit fertig waren, lägen die drei Jungen, nach denen sie suchten, tot am Boden der Höhle.

Cons Zähne schlugen gegeneinander, teils aus Furcht, teils vor Kälte. „Lange können wir so nicht mehr bleiben", sagte er. „Nicht mehr sehr lange."

Donny verlor die Nerven. „Wir werden ertrinken", stammelte er. Seine Lippen bebten, dann schluchzte er auf. „Wir werden ganz bestimmt ertrinken."

„Halt die Klappe", entfuhr es Ket. „Behalte einen klaren Kopf."

„Ich kann nicht. Ich kann nicht."

„Doch, du kannst. Beruhige dich, oder ich muss dir eine knallen!" Ket hatte irgendwo gehört, dass man mit hysterischen Personen ganz hart verfahren musste, um sie wieder zur Vernunft zu bringen.

Aber Donny jammerte weiter. „Es ist alles mein Fehler. Ich

habe euch dazu verleitet. Und du wolltest nicht mal mitkommen, Ket, und nun schau, was passiert ist."

„Nun halt doch endlich deinen Mund!", schrie Ket wütend. Seine Augen waren rot vom Wasser, und seine Nase und die Kehle fühlten sich rau an. Er versuchte, sich auf einen bestimmten Gedanken zu konzentrieren. Er dachte an die neue Höhle, an den unterirdischen See, an Brian Bissey und die Froschmänner. Jenseits des unterirdischen Sees musste sich die Höhle noch wesentlich weiter ausdehnen. Wie groß war diese Höhle wohl wirklich?

„Wir können uns nicht mehr viel länger über Wasser halten", presste Donny verzweifelt hervor. „Wir müssen etwas tun."

„Wenn die Sicherheitsleine nur ein wenig dicker wäre", jammerte Con.

Ket schwieg. *Chadwick's Chimney* lag nicht weit von dem Bergrücken entfernt, der sich in der Pferdekoppel seines Vaters erhob, überlegte er weiter. Der Zaun zwischen den beiden Farmen war nur einen Steinwurf entfernt von der Stelle, wo sie sich jetzt befanden. Wenn die Unterwasserhöhle unter ihm nach Norden verlief, war es möglich, dass sie mit Bisseys Höhle Verbindung hatte, so wie Ket es bereits am Vormittag vermutet hatte. Aber es gab keine Möglichkeit, das herauszufinden.

Ket schloss die Augen und versuchte, es sich genau vorzustellen. Der Bergrücken auf der Weide seines Vaters war fast einen Kilometer lang und endete in der Nähe von Carters Zaun. Die Stelle, wo Hero und Mit durch die Kalksteinoberfläche gebrochen waren, lag ungefähr in der Mitte des

Bergrückens. Das war ungefähr dreihundert Meter vom Zaun entfernt.

Ket musste sich sehr anstrengen, um im Geiste ein klares Bild zu bekommen. Mit und er hatten während ihrer Entdeckungsreise ungefähr dreihundert Meter Bindfaden abgespult. Am Ende hatten sie festgestellt, dass die große Höhle noch ein ganzes Stück weiterführen musste, wahrscheinlich mindestens noch weitere hundert Meter. Somit musste sie mit Sicherheit bis dicht an Carters Weide heranreichen, tief unter dem Grenzzaun. Und dieser Grenzzaun wiederum zog sich ziemlich dicht an *Chadwick's Chimney* vorbei.

Selbst wenn er sich in seinen Berechnungen ein wenig verschätzt hatte, konnte die Distanz zwischen der Felsenplattform in Bisseys Höhle und dem Einstieg von *Chadwick's Chimney* nicht mehr als hundertfünfzig Meter betragen. Zweihundert Meter höchstens.

Ket überschlug alles noch einmal kurz. Ja, zweihundert Meter. Nicht weit für einen Taucher. Im Spoonbill Lake wäre es eine Kleinigkeit gewesen; ein kleiner Sonntagsausflug. Nicht aber in *Chadwick's Chimney*. Wer konnte wissen, was zwischen dem Kamin und der neuen Höhle lag? Wer konnte wissen, ob sie überhaupt verbunden waren? Und selbst wenn es einen Durchgang gab – wie tief unten lag er, und wie sah er aus? Gebogen wie ein Eisenbahntunnel oder ein verworrenes Labyrinth? Ein Gewirr von tausend Höhlungen und Grotten und gefährlichen Abzweigungen, die plötzlich nicht mehr weiterführten? Ein Gefängnis, in dem ein Taucher hilflos herumirrte, bis seine Pressluftflasche leer war und der Druck von Millionen Tonnen Wasser seinem Leben ein qualvolles Ende bereitete?

Andererseits bestand die Möglichkeit einer Luftkammer zwischen der Wasseroberfläche und dem Fels darüber in einem eventuellen Durchlass. Dann konnten sie an der Oberfläche schwimmend, wie Feriengäste in einem unterirdischen Schwimmbad, in die Nachbarhöhle gelangen.

Ket blickte auf die beiden anderen. Ihre Überlebenschancen waren nicht sehr groß, und die Furcht vor den schrecklichen Dingen, die passieren konnten, wenn sie seiner Idee folgten, betäubte seinen Körper mehr als die Kälte. Aber er war sicher, dass ihnen nichts anderes zu tun übrig blieb. Es war wie beim Würfeln – alles oder nichts. Sie hatten keine Wahl.

„Okay", sagte er. „Was glaubt ihr, wie viel Luft ihr noch in euren Tanks habt? Für zehn Minuten?"

„Fünfzehn, vielleicht", entgegnete Con.

„Wahrscheinlich nicht", sagte Donny weinerlich.

„Es muss ausreichen."

„Aber ...", Donny blickte sich verständnislos um, „da ist kein ..."

„Schon gut", sagte Ket. „Überprüfe deine Geräte! Wir werden tauchen!"

Wettlauf mit dem Tod

Ket hatte vorgehabt, zunächst einmal probeweise allein vorzustoßen. Aber er besann sich schnell eines Besseren. Donny und Con konnten nicht viel länger warten. Die Kälte setzte ihnen zu, und sie wurden immer niedergeschlagener. Sie mussten alle drei zusammen tauchen.

„Hört zu", sagte Ket. „Ist eure Ausrüstung in Ordnung?"

Donny war die Ausrüstung schon fast egal. „Was hast du vor, Ket?", fragte er apathisch.

„Wir machen, dass wir hier rauskommen."

Con warf ihm einen mutlosen Blick zu. „Wie willst du das denn anstellen?"

„Es gibt da noch eine Höhle", sagte Ket langsam und nachdrücklich. „Eine große Höhle. Verbunden mit dem *Kamin*. Nur ein Stück weit entfernt. Es ist eigentlich ein Geheimnis. Aber genau dorthin gehen wir."

Auch wenn sie die Geschichte nur halb glaubten, munterte sie doch Cons und Donnys Lebensgeister wieder ein wenig auf. Schließlich trauten sie Ket doch einiges zu.

„Dort unten ist ein Motor mit einem Generator und sonst noch 'ne Menge Sachen", fuhr Ket fort. „Außerdem gibt es einen Weg ans Tageslicht. Ich weiß, wo er sich befindet."

Donnys Stimmung begann sich deutlich zu heben. „Wirklich?"

„Wie weit?", fragte Con.

„Ungefähr hundert Meter. Vielleicht ein wenig mehr."

„Und wo ist der Durchgang?"

„Ich kenne den Weg", versicherte Ket bestimmt. „Aber wir müssen zusammenbleiben."

Obwohl es wichtig war, dass sie so schnell wie möglich aufbrachen, ließ Ket sich Zeit. Sein Vater hatte ihm oft genug eingetrichtert, wie wichtig diese extra Minute vor dem Tauchen war.

Während sie schweigend ihre Ausrüstung überprüften, versuchte Ket einen Plan auszuarbeiten, wie die Richtung einzuhalten wäre. Wenn sie einfach nur in der Mitte hinuntertauchten, konnten sie innerhalb kürzester Zeit die Orientierung verlieren und hoffnungslos im Kreis herumschwimmen, bis ihnen die Luft ausging. Sie mussten versuchen, sich ihren Weg an der Seitenwand der Höhle zu ertasten, und hoffen, dass sie dabei nicht in einen Seitentunnel oder eine Sackgasse gerieten. Andererseits mussten sie aufpassen, dass sie keinen Wasserschlamm aufwirbelten, der sie sofort in einen undurchdringlichen Nebel einhüllen würde.

Ket spürte, wie sein Herz trommelte. Es lag ein derart gewaltiger Druck darauf, als hielte jemand es zusammengepresst und versuchte, es zu zerquetschen. Er wusste, dass es die Furcht war, die Ungewissheit und die Verantwortung. Besonders das Schicksal seiner zwei Freunde bedrückte ihn. Er nahm praktisch ihr Leben in seine Hände. Er war dabei, sie irgendwohin zu führen, wovon er selbst keine Ahnung hatte. Er wusste nicht einmal, ob das, was er sich ausgedacht und ausgerechnet hatte, überhaupt richtig war. Aber sie vertrauten ihm.

„Wie weit seid ihr?", fragte er. „Bereit?"

„So ziemlich."

„Donny, du schwimmst in der Mitte zwischen mir und Con. Du hast keine Lampe."

„Meine tut es auch nicht mehr, habe ich gerade festgestellt", sagte Con. „Die Batterie muss aufgebraucht sein, vermutlich. Vielleicht ist sie auch nur rostig oder sie hat einen Wackelkontakt."

Ket hätte ihn am liebsten angebrüllt, aber es hatte keinen Sinn, Con noch mehr durcheinander zu bringen, kurz bevor sie aufbrachen.

„Es wird nicht ins Gewicht fallen, wenn ich euch führe", sagte er darum nur. „Ihr könnt mir nachfolgen, aber lasst um Gottes willen die Leine zwischen uns eingehakt."

„Ich werde direkt hinter dir bleiben."

Ket blickte die beiden an.

„Bereit? Fühlst du dich gut, Donny?"

„Ich bin okay, Ket."

„Also, dann los! Richtet euch immer nach mir. Und denkt daran, egal, was passiert – immer die Ruhe bewahren."

Sie zogen ihre Taucherbrillen über das Gesicht und verbrachten ein paar Sekunden damit, sie zurechtzurücken und zu überprüfen. Dann knipste Ket seine Lampe an, gab mit der Hand ein Zeichen, und sie ließen sich langsam nach unten in den Schacht sinken.

Sobald sich der Kaminschacht zu einer Höhle ausweitete, wandte Ket sich nach Norden. Und er hatte Glück. Schon nach ein paar Metern entdeckte er zu seiner Rechten die Höhlenwand. Das Wasser war wunderbar klar. Obwohl es Ket schwer fiel, die Entfernung zu schätzen, fühlte er, dass sie gut vorankamen; vierzig, fünfzig, sechzig Meter waren sie vielleicht schon geschwommen. Aber es war schwierig, überhaupt etwas genau abzuschätzen. Die Lampe schien durch das kristallklare Wasser wie ein Laserstrahl, aber er war zu dünn, um ihnen ein Gefühl für die Ausmaße der Höhle zu geben. Sie schwammen in einem Lichttunnel. Hier und da war die Wand durch Spalten, Grotten und dunkle Löcher aufgerissen, aber glücklicherweise war keine Öffnung groß genug, um sie zu verwirren.

Sie waren ungefähr hundert Meter geschwommen, als die Wand, der sie folgten, plötzlich nach rechts abschwenkte und in eine dunkle Höhle zu führen schien. Ket zögerte kurz und schwamm dann hinein. Zuerst nahm er voller Hoffnung an, dass er tatsächlich einen Durchgang entdeckt hatte, der zu Bisseys Höhle führte, aber nach neun oder zehn Metern stieß er erneut auf Fels. Was Ket am meisten gefürchtet hatte, war eingetreten. Der Weg nach vorn war blockiert.

Jetzt bestand die schreckliche Gefahr, dass sie sich dazu verleiten ließen, nur noch sinnlos herumzuirren, mit immer wilderen Bewegungen, bis sie sich in ihrer Panik und Verwirrung selbst zu Grunde gerichtet hatten. Selbst wenn es ihnen gelang, den Weg zurück zum Einstiegsloch zu finden, hätte dies das Ende nur um ein paar Minuten verzögert. Ket wusste genau, dass Donny und Con das Vertrauen in ihn verlieren würden, sobald sie feststellen mussten, dass sie endgültig gefangen waren.

Tief in seinem Inneren hörte er die ernste Stimme seines Vaters. Es war ein Satz, den er Ket richtiggehend einzuhämmern versucht hatte, während sie zusammen im Spoonbill Lake ihre ersten Tauchausflüge unternommen hatten: Behalte einen klaren Kopf, Ket! Wenn du beim Tauchen in Panik gerätst, bist du so gut wie tot! Vergiss das niemals!

Es muss einen Ausweg geben, sagte sich Ket jetzt. *Chadwick's Chimney* und Bisseys Höhle waren zu groß, um ohne irgendeine Verbindung nebeneinander zu existieren. Es war nahezu undenkbar, dass zwei so riesige Höhlen durch eine Wand voneinander getrennt sein sollten. Sie mussten irgendwo aufeinander treffen. Ket war ganz sicher. Aber wo war das Verbindungsstück?

All diese Gedanken sausten wie ein Blitz durch Kets Kopf, als er sich wieder der Sackgasse zuwandte. Das Geräusch von aufsteigenden Luftblasen blubberte in seinen Ohren. Seine Pressluft nahm schnell ab. Er hatte nicht mehr viel Zeit.

Da sich weder links noch rechts ein Weg anbot, blieb nur noch eine Möglichkeit offen. Er tauchte nach unten, und die anderen folgten ihm.

Ket suchte mit der Lampe die Felswand ab, während sie langsam absanken. Er ließ den Lichtstrahl verzweifelt von Seite zu Seite gleiten, in der Hoffnung, irgendeinen Tunnel oder sonst eine Passage zu entdecken. Aber da gab es nichts, das auf einen Verbindungsgang hinweisen würde. Sie waren wie drei blinde Fische, die immer wieder mit ihren Nasen gegen eine Wand stießen.

Ket merkte, wie sich der Druck erhöhte. Fünf Meter, zehn Meter, fünfzehn, zwanzig. Die Felsbarriere schien sich endlos fortzusetzen, tiefer und tiefer, ohne Anzeichen dafür, dass sie jemals enden würde. Dreißig Meter. Der Druck, der auf ihren Körpern lastete, wuchs schnell. Der flüssig gewordene Stickstoff begann, sich in ihrem Blut zu speichern. Die Wahrscheinlichkeit einer Katastrophe vergrößerte sich zunehmend. Vierzig Meter. Neben dem Blubbern der entweichenden Luftblasen hörte Ket ein anderes Geräusch. Es schien aus seinen Ohren zu kommen, ein helles Summen oder Läuten, als ob jemand in seinem Kopf einen Alarm ausgelöst hätte.

Fünfundvierzig Meter. Was war das für eine wunderbare, ungeheuer große Höhle? Kets Furcht begann sich zu verflüchtigen. Seine Anspannung ließ nach. Das Wasser schien dünner zu werden, mit weniger spürbarem Widerstand. Er hatte das Gefühl, als schwebte er in der Luft.

Fünfzig Meter. Diese wunderbare Unterwasserwelt hörte nicht auf. Sie reichte weiter und weiter, bis zum Ende der Welt. Sie war voll warmer, angenehmer Töne und betörender Schwerelosigkeit; eine Fülle von Grotten und Buchten, von Licht und Schatten, wo man sich in einem weichen Bett aus Wasser niederlegen und sanft einschlummern konnte.

Bewahre einen klaren Kopf!, drang seines Vaters Stimme in sein Bewusstsein, aber sie schien weit weg zu sein. Bewahre einen klaren Kopf! Wie ein Echo kam die Stimme immer wieder. Wenn du es nicht tust, bist du so gut wie tot!

Er versuchte, sich zusammenzureißen und auf seine Aufgabe zu konzentrieren. Fünfundfünfzig Meter. Sechzig Meter.

Plötzlich war die Wand verschwunden. Ket leuchtete mit der Lampe nach oben und sah über sich ein riesiges Gewölbe. Ganz verschwommen fragte sich Ket, ob sie wohl in eine neue große Höhle schwammen, eine neue Sackgasse. Doch wenn er es sich genau überlegte, war es ihm eigentlich egal. Warum hätte er sich um so etwas kümmern sollen? Viel besser war es, sich nicht durch Kleinigkeiten aus der Ruhe bringen zu lassen, sondern dahinzutreiben, bis der Schlaf ihn erlöste. Er hatte Donny und Con fast vergessen, bis ein Zug an der Leine ihn an die beiden erinnerte. Er ärgerte sich ein wenig darüber. Wie lästig, jemanden wie einen Ballast an sich befestigt zu haben.

Die Höhle schien sich weiter auszudehnen. Die Decke hob und senkte sich wieder, sie war voller Rippen und Wülste und mächtiger Kalksteinwucherungen, die Wasserspeiern ähnelten. Ket überlegte sich, wer in aller Welt seine Zeit damit verbracht hatte, solcherlei Dinge aus Stein zu hauen. Nach einer Weile konnte er nicht einmal mehr die Wände der Höhle sehen, sie schienen sich in Luft aufgelöst oder im Wasser nach rechts und links verflüchtigt zu haben.

Und dann war mit einem Mal die Decke verschwunden! Das verwirrte ihn, denn er hatte darauf geachtet, sie in Reichweite des Lichtkegels zu halten.

Er richtete den Strahl nach oben, sah aber nur klares Wasser. Es blieb nur eines zu tun übrig: der Decke nachzujagen, bis er sie wieder gefunden hatte.

Er bog sich nach oben und begann aufzusteigen. In der Bewegung fühlte er einen Zug an der Leine hinter sich. Dies brachte ihn gerade noch rechtzeitig zu Verstand. Er war eben dabei gewesen, alle Regeln zu vergessen und nur seinem Gefühl nachzugeben, das ihn drängte, sich aufwärts zu bewegen, schneller und schneller, bis er zur Oberfläche hinaufschoss.

Aber da war sie auch wieder, die warnende Stimme seines Vaters, irgendwo im Wasser, die ernste Stimme, die immer und immer wieder dasselbe sagte: „Langsam, Ket. Langsam, Ket. Langsam. Langsam. Langsam."

Und so stiegen sie langsam immer höher, wie drei kleine Meeresmonster. Sie hielten Pausen ein, die eine Ewigkeit zu dauern schienen, dann stiegen sie weiter auf, um gleich wieder zu pausieren. Aus weiter, weiter Ferne kamen sie. Und mit einem Mal war es auch nicht mehr so angenehm dort unten. Es war gut, aufzusteigen und der Tiefe zu entrinnen, der sie viel zu lange ausgeliefert gewesen waren.

Wieder etwas höher, wieder eine Pause und wieder höher. Es schien, als dauerte alles unerträglich lange. Pause, höher, Pause. Wieder ein Stück. Pause, höher, Pause. Und dann schien Kets Körper sich plötzlich hochzuheben. Er glitt nach oben, und ohne Warnung schien er in ein Vakuum hinauszuschießen. Blitzartig erfüllte ihn die Gewissheit: Er war an der Oberfläche. Über ihm gab es nur noch Luft.

Er hob seine Lampe und richtete sie hastig nach oben. Er befand sich in einem unterirdischen See. Die Decke einer großen Höhle wölbte sich hoch über seinem Kopf.

Er blickte sich nach Donny und Con um. Sie kamen in

diesem Moment ganz in seiner Nähe an die Oberfläche. Ket stieß seine Taucherbrille nach oben und holte tief Luft, dann schwamm er zu den beiden hinüber, um ihnen notfalls beizustehen. Con hatte seine Taucherbrille schon hochgeschoben, und obwohl er keuchte und schnaufte, war es ihm doch möglich, sich zurechtzufinden.

Donny dagegen war ziemlich kraftlos. Ket paddelte zu ihm, schob Donnys Taucherbrille zurück und stützte ihn mit einem Arm, während er mit der anderen Hand die Lampe hielt.

„Bist ... bist du in Ordnung?"

Keine Antwort. Er wiederholte die Frage eindringlich und laut: „Donny, bist du in Ordnung?"

„Ja." Es war mehr ein Stöhnen als eine Antwort.

Ket rief zu Con: „Komm hier herüber, Donny braucht Hilfe!"

Sie hielten ihn unter den Armen fest und strampelten eine Minute lang im Wasser herum, um ihn mit aller Kraft oben zu halten. Ket wandte sich suchend in alle Richtungen. Wo war das rettende Ufer?

„Wir müssen schnellstens aus dem Wasser raus, wenn sich eine Möglichkeit dazu bietet."

Cons Zustand war nicht viel besser als Donnys. „Aber ... wohin?"

„Hier lang, komm." Ket hatte zwar keine Ahnung, welche Richtung die bessere war, aber er wollte zumindest den Eindruck erwecken, dass er immer noch wusste, wo sie sich befanden.

Langsam bewegten sie sich vorwärts, Donny zwischen sich,

voller Angst, dass er ihrem Griff entgleiten und wie ein Stein in die Tiefe hinuntersinken könnte, aus der sie gekommen waren.

„Ist das ... ist das die Höhle?", fragte Con keuchend.

„Ich nehme es an."

„Ich ... ich habe gedacht, jetzt hat es uns erwischt. So tief wie wir unten waren."

„Ziemlich tief."

„Woher ... woher zum Teufel kanntest du bloß den Weg?"

„Ich kannte nur die Richtung. Wir hatten ein wenig Glück."

„Verdammtes Glück!"

Sie kämpften sich weitere zehn, fünfzehn Meter voran. Ket versuchte, die Lampe hochzuhalten, um den Weg auszuleuchten. Das Licht war schwach und trübe. Aber endlich erfasste es doch die vagen Umrisse von Stalaktiten über ihnen und glitt über feucht glitzernde Felsen.

„Felswand in Sicht", rief Ket.

„Können ... können wir dort rausgehen?"

„Weiß ich nicht."

Langsam bewegten sie sich vorwärts.

„Passt auf", warnte Ket, als sie sich den ersten Felszacken näherten. „Die könnten scharf sein."

Sie schwammen nach links und versuchten, eine geeignete Stelle zu finden. Eine Felsenbank wurde sichtbar, knapp über der Wasseroberfläche.

„Hier können wir raus", sagte Ket. „Ausgezeichnet."

Con war völlig außer Atem. „Lass uns erst mal Donny rausheben."

„Das kriegen wir schon alles hin."

Sie erreichten den Rand und hielten sich dankbar an den Felsen fest, um sich ein wenig zu erholen.

„Ich sag dir, was wir tun", keuchte Ket. „Du hältst Donny, während ich rausgehe. Dann helfe ich euch beiden hoch." Er stellte die Lampe auf die Felsplatte und zog sich mühsam heraus. „Es kann nicht so schwierig sein", meinte er mit einem breiten Grinsen, „sonst hätte ich es nicht geschafft, nicht wahr?"

Er wandte sich um und packte Donny bei den Armen. „So, Donny. Auf geht's." Er zog, so fest er konnte, und Con half von hinten nach. Sie brachten es fertig, Donny wie einen nassen Sack auf den Felsvorsprung zu hieven.

„Nun du, Con. Brauchst du Hilfe?"

„Ich glaube schon."

„Also dann. Fertig?"

„Ja."

Ächzend und strampelnd wie ein Frosch gelangte Con schließlich auch ans Ufer. Alle drei blieben sie liegen, wo sie waren, keuchend und völlig erschöpft. Um sie herum erstreckte sich die Höhle in feuchter, dunkler Stille. Unendliche Einsamkeit. Eine riesige unterirdische Grabkammer.

Der schwache Lichtschein der Lampe war jetzt nicht viel mehr als ein dünner Streifen in der Dunkelheit. Wäre er hell genug gewesen, um einen Blick auf den Anzeiger von Kets Pressluftflasche zu werfen, hätte er gewusst, wie knapp sie einer Katastrophe entkommen waren. Die Nadel war im roten Feld. Sie zeigte auf LEER.

Finsternis

Ket war der Erste, der sich rührte. „Bist du in Ordnung, Donny?", fragte er.
Die Antwort war schwach, aber ermutigend: „Es geht so."
„Keine Schmerzen?"
„Nein, keine Schmerzen."
„Bestimmt?"
„Keine Sorge. Ich bin einfach ziemlich schlapp."
„Du auch, Con?", fragte Ket. „Auch keine Schmerzen?"
„Ich bin okay", entgegnete Con leicht gereizt. „Warum fragst du denn so viel? Fehlt dir vielleicht was?"
„Ich wollte nur sichergehen, das ist alles", gab Ket zurück. „Es ist ein Wunder, dass wir in dieser Tiefe nicht alle Muskelschmerzen bekommen haben."
„Wir haben ziemlich viel Glück gehabt, glaube ich."
„Wir müssen langsamer aufgestiegen sein, als ich dachte."
Con spöttelte: „Wir haben einen halben Tag gebraucht. So ist es mir wenigstens vorgekommen."
„Lass uns das Gummizeug ausziehen", sagte Ket. „Reibt euch warm. Dann müssen wir uns mal umsehen."
Langsam zogen sie ihre Flossen aus und schnallten ihre Pressluftflaschen ab.

„Wisst ihr was?", sagte Con. „Ich glaube immer noch nicht, dass wir am Leben sind."

„Ich war auch schon fast tot", antwortete Donny, mühsam einen Witz versuchend. Aber aus seinem Lachen wurde nur ein Krächzen.

„Nun, da du nicht fliegen kannst, bist du auch noch nicht dein eigener Geist", sagte Ket. „Auf, wir gucken mal, was los ist."

„Guter Platz für Geister." Con blickte sich in der Dunkelheit um. „Ich wünschte nur, die Lampe wäre heller, Ket."

Ket reagierte sauer. „Wenn du deine genauer überprüft hättest, bevor du losgezogen bist, hätten wir jetzt zwei Taschenlampen."

„Wie sollen wir hier rauskommen?", fragte Donny.

„Indem wir 'nen Weg finden."

„Wie denn?"

„Indem wir nach einem suchen, zum Teufel!" Ket wurde immer gereizter und ungeduldiger. „Bleibt bloß zusammen, ihr beiden, sonst fällt womöglich einer von euch in irgendein Loch. Dann sind wir wieder da, wo wir angefangen haben."

Sie brachen auf und tapsten in die Dunkelheit der Höhle hinein. Ket ging langsam und vorsichtig voran, untersuchte den Boden unter seinen Füßen und machte immer wieder eine Pause, um die Lampe in alle Richtungen zu schwenken. Auch ihr Strahl war jetzt so schwach geworden, dass er nur noch ein paar Meter weit reichte. Aber sogar das genügte, um die schemenhaften Umrisse bizarrer Gebilde zu sehen.

„Mann, guck dir mal diese Stalagdinger an oder wie die

heißen", sagte Donny mit ehrfürchtiger Stimme. „Die sind wie Baumstämme."

„Stalagmiten", sagte Ket schulmeisterhaft. „Das sind nämlich die, die vom Boden in die Höhe gehen."

„Und die von der Decke hängen, sind Stalasiten", sagte Con.

„Nein, Stalaktiten."

„Ach, eben so ähnlich", gab Con zu. „Ich würde einfach sagen, es sind Bodentropfsteine und Deckenzapfen. Das ist nicht so kompliziert."

Sie kamen zu einem großen Stalagmiten voller knorpeliger Wülste. Er sah fast aus wie ein tropischer Termitenhügel. Irgendetwas an ihm kam Ket plötzlich bekannt vor. Er hielt ungefähr einen Meter davor an und ließ das Licht an den Wülsten auf und ab gleiten. Dann ging er auf die andere Seite und tat dasselbe. Und plötzlich erkannte er, wo er sich befand. Mit einem Mal bekam die ganze Höhle eine gewisse Vertrautheit. Der Tropfstein war derjenige, hinter dem er und Mit sich versteckt gehalten hatten, und die flache Felsenplattform am Ufer des Sees war die Stelle, die Bisseys Froschmänner an diesem Morgen benutzt hatten!

„He", rief Ket triumphierend. „Ich kenne diesen Platz."

Die anderen blickten ihn erstaunt an.

„Die Seele meiner Großmutter, die in dieser Höhle herumgeistert, kennt ihn bestimmt auch", meinte Con trocken.

„Nein, ehrlich." Ket sprudelte über vor Aufregung. „Ich war schon mal hier. Hier gibt es einen Weg raus – hoch oben, durch ein enges Loch an der Seite der Höhle."

„Wirklich?"

„Und von dort führt ein Gang hinaus auf die Pferdekoppel, nicht weit von unserem Haus entfernt!"
„Du bist vielleicht ein Teufelskerl", sagte Con ganz verblüfft. „Was du so alles über unterirdische Seen und Höhlen und sonstige Sachen unter der Erde weißt! Du musst in einem früheren Leben mal ein Maulwurf gewesen sein."
„Dagegen habe ich nichts einzuwenden, wenn es jetzt hilft, unbeschadet aus dieser Sache rauszukommen", sagte Ket ruhig. „Kommt, ich zeige euch den Weg."
Aber es war viel schwieriger, als Ket gedacht hatte. Ohne den Faden als Wegweiser hatte er schon nach kurzer Zeit nicht mehr die geringste Ahnung, wo sich das Eingangsloch befand. Der Lichtstrahl war so schwach, dass er sich keinen Gesamteindruck von der Höhle verschaffen konnte. Ganz gleich, in welche Richtung Ket ging, er geriet in ein Labyrinth von Stalagmiten oder an eine Felswand, die ihm fremd vorkam. Und der felsige Boden der Höhle war so hart, dass keine Spur von Fußabdrücken zurückblieb.
Nachdem er es eine halbe Stunde lang überall probiert hatte, gab Ket schließlich auf.
„Ich muss mich geschlagen geben", sagte er. „Es ist, wie wenn man auf einer Wiese ein bestimmtes Mauseloch sucht. Ich finde den Ausgang nicht."
„Und die Lampe gibt auch bald ihren Geist auf", sagte Donny niedergeschlagen. „Wir müssen uns etwas ausdenken. Wir müssen uns unbedingt etwas ausdenken, sonst sind wir sind für immer und ewig hier unten in die Finsternis verbannt. Und nie wird man erfahren, wo wir gestorben sind."

Con schauderte. „Sei bloß ruhig. Wenn du so weitermachst, sind wir in einer Stunde glatt am Durchdrehen."

„Recht ulkig eigentlich, dass wir hier in der Falle sitzen, nachdem wir aus *Chadwick's Chimney* entkommen sind."

„Da hättest du eben früher dran denken sollen. Bevor du dich heldenmütig mit deinen Flossen den Kamin hinuntergestürzt hast", fuhr Ket ihn an.

„Wenigstens haben wir Luft zum Atmen."

„Und Luft zum Essen auch, wenn es beliebt", gab Ket bissig zurück.

Donny überlegte: „Vielleicht können wir ein Feuer anmachen."

Doch Ket knurrte nur: „Großartige Idee. Es gibt ja hier jede Menge steinerne Bäume, die besonders gut brennen."

„Es gibt wohl überhaupt nichts hier, um Feuer zu machen, nicht?", sagte Donny ganz bekümmert.

„Nein, es sei denn, wir benützen unsere Unterhosen. Und die brauchen einen Monat, bis sie trocken sind."

„Nun, wir müssen bald was unternehmen. Die Lampe geht gleich aus."

„Lass uns zurückgehen", schlug Con vor.

„Wohin zurück?", fragte Donny mit aufgerissenen Augen.

„Zurück zur Plattform, wo wir unsere Sachen gelassen haben."

„Und was machen wir da? Im Dunkeln herumsitzen wie ein paar Fledermäuse?"

„Wir könnten versuchen, meine Lampe zu reparieren oder die Batterie in Kets Lampe auszutauschen."

„Gute Idee", stimmte Ket zu. „Lass es uns versuchen."

Sie hatten sogar Mühe, den Weg zu der Felsenplatte zu finden, aber sie schafften es schließlich, indem sie dem Rand des unterirdischen Sees folgten.

„So", sagte Con, „jetzt lass mal sehen, was mit dieser dämlichen Lampe los ist."

„Bist du sicher, dass die Lampe dämlich ist und nicht ihr Besitzer?", fragte Ket.

„Ich glaube, es ist der Verbindungsdraht", sagte Con. „Wahrscheinlich zerfressen." Er fummelte eine Weile unter dem immer matter werdenden Licht von Kets Lampe herum, erreichte aber nichts.

„Vielleicht ist es die Glühbirne", schlug Donny vor.

„Da gibt es nur einen Weg, das zu testen", antwortete Con. „Probier sie in deiner Lampe aus, Ket."

„Es ist besser, wenn wir einfach nur die Batterie austauschen", sagte Ket. „Wenn deine in Ordnung ist, Con, haben wir wieder gutes Licht."

„Okay."

Ket war vorsichtig. „Wenn wir einmal meine auseinander genommen haben, sitzen wir im Dunkeln und müssen alles nach Gefühl machen", sagte er. „Und wenn wir etwas verlieren, sitzen wir bis in alle Ewigkeit."

„Con, du nimmst besser deine Lampe zuerst auseinander", sagte Donny. „Dann kannst du die Batterie Ket geben, und er dreht seine raus."

Genauso machten sie es. Als Ket seine Lampe aufgeschraubt hatte, wurden sie schlagartig von einer überwältigenden Dunkelheit umhüllt. Hätte Ket nicht so sorgfältig alle Vorbereitungen getroffen, wären sie sicher in Panik geraten. So legte er ruhig seine eigene Batterie neben sich und griff nach der anderen.

„Hast du sie?", fragte Con besorgt.

„Ich hab sie."

Eine lange, erwartungsvolle Stille folgte, während Ket die neue Batterie in die Lampe gleiten ließ und diese zuschraubte. Dann betätigte er den Schalter.

„Geht's?", fragte Donny.

„Tut sich nichts."

„Bist du sicher?"

„Ganz sicher."

Con war niedergeschmettert. „Muss eben doch die Batterie sein. Hast du sie richtig reingetan, Ket?"

„Ich denke schon."

„Schönes Pech", sagte Donny.

„Mein Fehler", erwiderte Con. „Hätte sie überprüfen sollen, wie es sich gehört."

Ket tauschte vorsichtig die Batterien aus, und der schwache Lichtschein beleuchtete wieder ihre Gesichter.

„Ich war auch nicht sorgfältig genug", gestand er ruhig. „Ich hätte gestern auch eine neue Batterie einsetzen sollen." Still saßen sie für eine Minute da, niedergeschlagen und unentschlossen. Sie wussten nicht, was sie jetzt noch tun konnten.

„Kein Mensch wird uns hier unten finden", sagte Donny endlich. „Wir werden verhungern oder im Dunkeln überschnappen."

„Es wird uns schon jemand finden", sagte Ket grimmig. „Früher als du denkst."

„Wer? Supermann?"

„Es kann so oder so sein", sagte Ket. „Gut oder schlecht."

Er redete in Rätseln.

„Wer denn? Was denn?", fragte Con in verblüfftem Ton.

Ket holte tief Luft, als ob er etwas Wichtiges zu entscheiden hätte. „Entweder mein Vater oder Mit. Oder Brian Bissey und seine Gesellen."

Überrascht blickten ihn die beiden an. „Brian Bissey?", entfuhr es beiden.

Und Donny fragte: „Wie könnte uns Brian Bissey hier finden? Ist doch unmöglich."

Ket überlegte eine Minute lang. „Ich muss euch etwas sagen", raffte er sich dann auf. „Es ist immer noch ein Geheimnis, aber ihr könnt es ebenso gut auch jetzt schon erfahren, weil ihr über kurz oder lang auch mittendrin steckt."

Und er erzählte ihnen die ganze Geschichte. Er fing noch einmal bei dem Phantom-Motorrad an, berichtete von Heros Sturz, von der Entdeckung der Höhle und von Bisseys Erscheinen und den Froschmännern.

Donny war völlig aus dem Häuschen.

„Was habe ich gesagt", rief er aus. „Es gibt wirklich einen Schatz, und Bissey ist hinter ihm her. Er und seine Taucher."

„Aber was tun sie hier?", fragte Con. „Warum tauchen sie nicht direkt in *Chadwick's Chimney*?"

„Weil sie hier drinnen niemand sehen kann. Sie können einen ganzen Monat lang nach dem Zeug fischen, ohne je erwischt zu werden. Die Froschmänner können ungesehen denselben Weg benutzen, den wir gekommen sind."

„Sie kommen ganz sicher wieder hierher zurück", sagte Ket, „sobald sie in Melbourne alles erledigt haben."
„Was werden sie mit uns machen?"
Donny gluckste: „Das kannst du leicht erraten."
„Wir müssen uns eben verstecken", schlug Con vor. „So wie Ket und Mit es heute Morgen getan haben."
Das Licht wurde schwächer und schwächer. „Ich muss das Ding ausschalten", seufzte Ket schließlich. „Wenn wir der Batterie die Möglichkeit geben, sich etwas zu erholen, können wir die Lampe für Notfälle verwenden."
„Zum Beispiel, um ein sicheres Versteck zu finden, wenn Bissey zurückkommt."
„Ja, zum Beispiel."
„Wir können uns genauso gut hinlegen und ein paar Stunden schlafen."
„Könnten wir machen – wenn wir schlafen können."
„Schließ wenigstens die Augen. Dann sieht es nicht so dunkel aus."
„Seid ihr bereit?", fragte Ket.
„Okay."
Obwohl das Licht der Lampe nicht mehr als ein matter Schimmer gewesen war, erschien es ihnen, als wäre mit einem Mal ein Leuchtfeuer ausgelöscht worden. Die Finsternis umgab sie wie eine schwarze Decke. Es war unerträglich. Nach fünf Minuten glaubte Ket, dass er verrückt werden würde, wenn er die Lampe nicht für ein, zwei Sekunden einschalten würde. Aber irgendwie widerstand er der Versuchung. Er wusste, dass er nicht mehr damit aufhören könnte, wenn er einmal angefangen hatte, beim

geringsten Gefühl von Beklemmung die Lampe anzuschalten. Die Batterie wäre dann innerhalb kürzester Zeit leer.
Er packte die Lampe mit festem Griff, als wollte er sich daran festhalten, und starrte mit fest geschlossenen Augenlidern in die Dunkelheit. Bilder aller Art erschienen vor seinen blinden Augen; schattenhafte Felsformationen, runde Wasserflächen wie schwarze Spiegel, riesige weiße Stalagmiten. Die Formen bewegten sich, veränderten ihre Gestalt. Ganze Prozessionen von Stalaktiten und Stalagmiten marschierten auf ihn zu; über ihn hinweg und durch ihn hindurch, manche so groß wie Riesen, einige wie dünne Lanzen aus Marmor und Alabaster. Sie marschierten still in Reihen, hoben und senkten sich, kamen langsam näher und schossen dann dicht vor ihm wie Blitze auf ihn zu, bohrten sich durch seine Augen und trafen tief im Innern seines Gehirns aufeinander.
Ket wollte seine Augen schließen, um nichts mehr sehen zu müssen, aber sie waren bereits geschlossen. Er wandte seinen Kopf, sodass die Bilder nicht frontal auf ihn zumarschieren konnten, aber sie sprangen zur Seite und sausten geradewegs auf sein Gesicht zu.
Ich glaube, ich drehe durch, dachte Ket. Wir sind zu tief getaucht und jetzt ist mein Gehirn geschädigt.
Eine Stimme begann aus der Dunkelheit heraus zu ihm zu sprechen. Licht, sagte sie. Schalte das Licht an, Ket! Und Ket sah hinter seinen geschlossenen Augen die Szene, die Mit und er am Morgen beobachtet hatten: Bissey, der den Generator anließ, und wie ein Teil der Höhle in hellstem Licht erstrahlt war.

Der Generator! Ket richtete sich wie im Fieber auf und knipste die Lampe an.

„Con!", schrie er. „Donny! Der Generator! Der Generator!"

Eine Idee

Con hatte sich sofort aufgerichtet, aber bei Donny dauerte es etwas, bis er einigermaßen da war.

„Mann, ich war schon halb eingeschlafen", sagte er langsam und gähnte.

„Eingeschlafen!", wiederholte Ket voller Abscheu. „Eher würde ich verrückt werden, als dass ich an einem solchen Platz einschlafen könnte."

„Was meinst du mit ‚Generator'?", wollte Con wissen.

„Es ist einer hier", schrie Ket. „Irgendwo hier in dieser Höhle. Ich weiß nicht, warum ich nicht schon vorher daran gedacht habe!"

„Wo?"

„Um die Ecke dort." Ket packte Donny beim Arm und fing an, ihn mit sich zu ziehen. „Kommt mit, oder die Lampe wird ihren Geist aufgeben, bevor wir irgendetwas finden können."

„Sollen wir unser Zeug mitnehmen?"

„Nein, nein. Beeilt euch. Schnell!"

Er führte sie eilig an der Felsplatte vorbei, bis sie den großen Kalksteinvorsprung erreichten, der Mit und ihm heute Morgen die Sicht blockiert hatte. Es war gerade genug

Platz, um sich daran vorbeizudrücken, aber sie mussten aufpassen, dass sie nicht ausrutschten und kopfüber ins Wasser fielen. Nachdem sie die schmale Stelle passiert hatten, öffnete sich die Höhle zu einer Art Halle mit rauem, unebenem Boden, der zur Decke hoch anstieg. Sie konnten nur einen kleinen Teil davon sehen, und auch diesen nur schemenhaft. Aber wichtiger als alles andere war eine Vertiefung gleich hinter dem Felsvorsprung, der von hier aus wie ein Pfeiler aussah. Dort, in der Vertiefung, standen der Benzinmotor und der gesuchte Generator, und daneben lag ein ganzer Stapel Geräte und Ausrüstungsgegenstände: Segeltuchplanen, Tauchanzüge, Kartons und Kisten, Kabel und Werkzeug. Selbst Nahrungsmittel gab es, ordentlich gestapelt: Keksdosen, Büchsenfleisch, getrocknete Früchte und Trinkwasserkanister.

„Bisseys Zeug", sagte Ket schlicht.

„Mann, mich laust der Affe", staunte Con und ließ die Luft durch seine Zähne pfeifen. „Der weiß schon, wie man so was anpackt, nicht?"

Donny war bereits dabei, eine der Dosen zu öffnen. „Ich brauche dringend einen Keks. Ich bin am Verhungern."

Aber Ket war nicht nach Keksen zu Mute. „Nicht jetzt", sagte er streng. „Wir haben nur noch ein paar Minuten, bevor die Lampe völlig ausgeht."

„Was ist mit Benzin?", fragte Con.

„Dafür ist jetzt keine Zeit", sagte Ket. „Hauptsache ist, dass wir den Motor erst mal anlassen. Alles andere können wir danach untersuchen."

„Weißt du, wie man ihn anlässt?"

„Nein."

„Wie willst du es dann machen?"

„Kann nicht so schwierig sein. Nur ein Zweitakter."

Ket beugte sich über den Motor und hielt die Lampe ganz dicht daran, als wollte er das letzte bisschen Licht ausnutzen.

„Hier ist der Vergaser. Ich muss ihn vermutlich ein bisschen kitzeln, bis er sich mit Benzin füllt."

„Stimmt." Donny kannte sich ebenfalls aus.

„Und nachsehen, ob der Benzinhahn auf ist", fügte Con hinzu.

„Ich frage mich nur, wo er ist?"

„Muss in der Nähe des Tanks sein. Vielleicht darunter."

Ket richtete das bisschen Licht auf den Benzintank und tastete ihn mit den Fingern von unten her ab. „Hier ist er", rief er triumphierend. „Ein Hahn mit einer Flügelschraube."

„Woher willst du wissen, ob er an- oder ausgeschaltet ist?"

„Müsste eigentlich ausgeschaltet sein", sagte Ket.

„Gibt es keinen zusätzlichen Schalter?"

„Sieht nicht so aus."

Alle untersuchten sie den Motor, so gut es in dem Dämmerlicht möglich war.

„Wie willst du ihn anlassen?"

„Muss irgendwo eine Zugleine sein oder ein Startknopf."

„Ist sicher kein Startknopf; dazu braucht man einen Schalter und eine große Batterie."

„Kann nichts Derartiges sehen", sagte Con und stieß bei der Suche mit der Stirn gegen die Metallverkleidung.

Sie wussten nicht mehr weiter.

„Nicht mal ein Seil", sagte Donny.

Plötzlich stieß Ket hervor: „Ich hab's. Man muss ihn ankurbeln. Man muss eine Feder aufziehen. Diese hier." Und er fing an, wie wild zu drehen, während die Sperre laut klickte, als die Spannung der Feder stärker wurde. Er war ganz außer Atem, als er damit fertig war.

„Das wär's", sagte er. „Jetzt kann's losgehen."

„Wie löst man ihn aus?"

„Indem man den Hebel zurückzieht." Ket deutete darauf. „Das Ding hier."

„Willst du es versuchen?"

„Sicher. Nehmt eure Hände weg."

Ket nahm den Hebel mit einem kräftigen Ruck zurück. Laut krächzend fing der Motor an zu drehen, stotterte einmal, aber zündete nicht.

„Versuch es noch einmal."

Sie wiederholten den ganzen Vorgang, dann ein drittes Mal und ein viertes Mal. Ohne Erfolg.

„Was ist los mit dem Ding?", schimpfte Ket verärgert und atmete schwer.

„Er ist fast so weit, nur noch nicht ganz", meinte Con.

Ket wischte sich mit der Hand über die Stirn. „Lass noch ein wenig Benzin in den Vergaser", schnaufte er. „Nicht zu wenig, und zieh das Ventil ganz auf."

„Also, diesmal klappt es."

Ket kurbelte, bis die Feder ganz gespannt war. „Jetzt!" Er riss mit einem kräftigen Ruck den Hebel herum. Der Motor stotterte, zündete, stotterte wieder, zündete zweimal kräftig, hörte wieder auf und lief dann plötzlich heulend an.

„Geschafft!", schrie Ket. „Er läuft."
Er fummelte noch ein wenig am Ventil herum, bis der Motor sanft und gleichmäßig lief.
„Was machen wir nur, damit das Licht angeht?", rief Donny über den Motorenlärm hinweg.
„Die Schalttafel", schrie Ket zurück, „dort muss ein Schalter dran sein." Er leuchtete mit dem schwachen Lichtschein hinter den Motor. „Da ist er. Auf dem Gehäuse."
Donny drückte den kleinen Hebel, auf den Ket deutete, herunter. Das Resultat trat unmittelbar ein, und es war wie ein Wunder. Alles erstrahlte in hellstem Licht – wunderschönes helles Licht, das jede Fuge und Ritze ausleuchtete und scharfe, klare Schatten über den Boden und die Decke warf.
„Hurra! Hurra!", schrie Con, und er vollführte vor lauter Erleichterung einen Freudentanz.
Alle drei schüttelten sich die Hände und klopften sich gegenseitig halb lachend, halb weinend auf die Schultern.
„So könnten wir einige Wochen hier unten verbringen", rief Con lauthals und deutete auf drei Benzinfässer, die nebeneinander aufgereiht in der Vertiefung der Höhle standen. „Jede Menge Benzin, Wasser und Lebensmittel. Sogar Decken."
„Ganze Monate lang", übertrumpfte ihn Donny zügellos.
Ket blickte sie mit einem schiefen Lächeln an. „Bis Brian Bissey zurückkommt", sagte er trocken.
Die beiden wurden plötzlich still. Con nickte ernst. „Bis Brian Bissey zurückkommt. Und woher wissen wir, wann das sein wird?"

„Wir werden nicht auf ihn warten", antwortete Ket. „Jetzt sollte es uns möglich sein, den Weg hinaus zu finden. Nämlich den Weg, den er benutzt."

„Wie?"

„Er ist doch sicher sehr oft rein- und rausgegangen. Es muss irgendwelche Spuren geben."

Ket deutete zu dem leicht ansteigenden Hang hinüber. „Dort hinauf", sagte er.

Ohne Hoffnung

Mr und Mrs Tobin kamen früher als erwartet vom Mount Gambier zurück. Die Nachmittagssonne stand noch immer hoch im Westen, obwohl die Schatten allmählich länger wurden. Mit war unten in der Sattelkammer und polierte Heros Sattel, aber sie kam sofort zum Haus hochgerannt, als sie das Auto hörte. Sie war von der Entdeckung am Morgen so aufgewühlt, dass sie es kaum abwarten konnte, bis ihre Eltern ausgeladen hatten.

„Ihr werdet es nie erraten", begann sie bei der ersten Gelegenheit.

„Nein", antwortete ihre Mutter mit erzwungenem Lächeln. „Bring es mir schonend bei."

„Es ist nicht so was", sagte Mit und dachte an die Dummheiten, die sie und Ket gewöhnlich zu bekennen hatten, wenn ihre Eltern nach Hause kamen.

„Nun?", fragte ihre Mutter vorsichtig. „Was ist es dann?"

„Wir haben eine Höhle gefunden."

Ihr Vater hielt in seiner Arbeit inne und blickte sie scharf an. „Was für eine Höhle?"

„Unten bei der Pferdekoppel. Unter dem Bergrücken."

„Wann?"

„Heute Morgen. Sie ist riesig, Vater", fuhr Mit atemlos fort. „Und sie ist wunderschön. Hunderte von Stalaktiten hängen von der Decke, und es gibt große Stalagmiten und einen See, einen unterirdischen See – voll mit tiefem, ruhigem Wasser. So etwas hast du noch nie gesehen."
Ihr Vater kam zu ihr herüber. „Wie habt ihr sie gefunden? Wie seid ihr hineingekommen?"
„Hero ist in einen Gang eingebrochen."
Die Augen ihres Vater wurden groß. „Hero ist was?"
„Wirklich, Vater. Es stimmt. Er ist durch die Felskruste gebrochen und hat ein Loch in einen Gang geschlagen. Und der führte in die Höhle." Sie holte kurz Luft. „Er ist mit voller Wucht gestürzt. Und ich mit ihm."
Ihre Mutter kam eilig herbei. „Hast du dir wehgetan? Ist alles in Ordnung?"
„Ich bin in Ordnung. Nur ein paar Kratzer. Und Hero ist ebenfalls okay."
Sie wandte sich wieder ihrem Vater zu. „Du musst dir die Höhle ansehen. Du auch, Mama." Aufgeregt hielt sie inne. „Und da ist noch etwas. Es ist genauso, wie die Leute munkeln."
„Was denn?"
„Männer, die etwas unter Wasser suchen."
„Nach was suchen?"
„Nach einem Schatz oder so was. Du weißt doch, was sie alle sagen."
Ihr Vater lachte. „Ein Schatz! Das ist vielleicht ein Blödsinn. Wer sollte denn diesen albernen Gerüchten Glauben schenken?"

„Aber wir haben alles gesehen, Ket und ich. In der Höhle, heute Morgen. Drei Männer; Brian Bissey und zwei Froschmänner. Sie tauchten nach etwas."

Zum ersten Mal schien ihr Vater besorgt zu sein. „Haben sie euch gesehen?"

„Nein. Wir haben uns hinter einem Stalagmiten versteckt."

„Haben sie irgendetwas gefunden?"

„Nein. Die beiden Taucher kamen hoch und sagten, sie brauchten noch weitere Geräte, einen Elektromagneten oder so was. Sie wollten nach Melbourne fahren, um ihn zu besorgen."

Jetzt war ihr Vater doch sehr interessiert. „Sie haben die ganze Zeit in der Höhle getaucht?"

„Ja. Der See scheint sehr tief zu sein, Vater. Ket denkt sogar, dass er eine Verbindung zu *Chadwick's Chimney* hat."

Ihr Vater blickte sich schnell um. „Wo ist Ket jetzt?"

„Unten, beim Spoonbill Lake mit Donny und Con. Beim Fischen mit der Harpune."

Ihr Vater blinzelte leicht beunruhigt in die Sonne. „Es wird langsam Zeit, dass er nach Hause kommt."

„Möglich, dass er auch in die Höhle zurückgegangen ist. Donny und Con haben bestimmt das Geheimnis aus ihm herausgelockt."

Mr Tobin war jetzt erregt und verärgert. „Ich werde ihnen das Fell über die Ohren ziehen", sagte er. „Das ist kein Ort für Amateure. Dort unten lauern Gefahren."

Mit blickte ihn überrascht an. „Woher weißt du das?"

Er schien durch diese Frage etwas aus der Fassung geraten zu sein. „Weil ich es eben weiß." Er hielt inne. „Alle Höhlen sind gefährlich. Sie sind dunkel, und man verirrt sich leicht."

Mit kannte ihren Vater gut genug, um nicht weiter in ihn zu dringen. So fragte sie ihn nur einschmeichelnd: „Aber du wirst doch eines Tages mal mit uns runtergehen, nicht wahr? Nur um zu sehen, was sich unter deiner eigenen Pferdekoppel befindet?"

„Mag sein", brummte er. „Eines Tages vielleicht."

Bis sie alles ausgeladen und aufgeräumt hatten, war es spät geworden. Mit und ihr Vater gingen hinunter zu den Ställen, um Hero und auch die anderen Pferde zu füttern, und Mrs Tobin sammelte die Eier aus dem Hühnerstall ein.

„Ich wünschte, Kevin würde sich beeilen", sagte sie, während sie mit ihnen ins Haus zurückging. „Ich mag es nicht, wenn er sich so allein herumtreibt. Besonders wenn es spät wird."

Mr Tobin schien sich genauso unbehaglich zu fühlen wie seine Frau. „Glaubst du, ich sollte mal mit dem Landrover zum See runterfahren und nach ihm sehen?"

„Ich glaube, das wäre eine gute Idee."

„Ich komme mit", rief Mit. Ket würde sicher etwas Beistand brauchen. Nach ein paar Minuten waren sie schon bei Carters Grenze und dem Zaun, der zur Absicherung von *Chadwick's Chimney* errichtet worden war. Sie waren schon fast daran vorbeigefahren, als Mit aus dem Augenwinkel etwas bemerkte. Sie warf hastig ihren Kopf herum, um noch einmal genauer hinzuschauen.

„Halt, Vater", rief sie. „Halt mal kurz an." Drei Fahrräder lagen im Gras am Straßenrand. Eines davon gehörte Ket.

Sie stiegen schnell aus und eilten hinüber. Das Gesicht ihres Vaters verfinsterte sich. „Sag mir nur nicht, er ist in die Nähe des Kamins gegangen", stieß er empört hervor. „Nicht nach alldem, was ich ihm gesagt habe!"

„Das würde er niemals tun", versicherte Mit. „Er ist viel zu verständig für so was."

Aber sie hatten die Fahrräder kaum erreicht, als ihr Vater auf etwas zeigte, das sich innerhalb des Zaunes befand, nicht weiter als ein paar Meter von dem offenen Schlund des Kamins entfernt. „Schau dir das an."

Da lagen wild verstreut verschiedene Dinge herum: eine Jacke, drei Paar Schuhe, eine Mütze, ein Vesperbehälter und – ganz eindeutig – Kets Harpune.

„Das ist unglaublich. Das ist einfach unglaublich", sagte Mits Vater immer wieder vor sich hin, als ob er es nicht fassen könnte.

„Ket würde das nie tun", sagte Mit. „Er würde es einfach nicht tun. Er ist viel zu vorsichtig für so was."

„Vielleicht war es ein Notfall", sagte ihr Vater. „Du kennst Ket." Er eilte zum Rand des Kamins und blickte hinunter. „Vorsicht", sagte er zu Mit. „Komm nicht zu nahe."

Er brauchte nur einen Blick hinunterzuwerfen. Als er sich Mit wieder zuwandte, war sein Gesicht leichenblass.

„Mein Gott", sagte er leise. „Die halbe Leiter ist abgebrochen."

Die letzte Chance

Als endlich in Spoonbill Creek Alarm geschlagen werden konnte, war es schon fast dunkel. Die Neuigkeit verbreitete sich in der Gegend wie ein Lauffeuer: Die Höhlen haben drei weitere Opfer gefordert, hieß es. Kevin Tobin, Donny Henderson und Con Aladous. Alles Jungen, die wohl bekannt und in der Schule gern gesehen waren. Verschollen. Jetzt musste mit den Höhlen endlich etwas geschehen, insbesondere bei denen, die schon Menschenleben gefordert hatten: das *Schwarze Loch* und der *Kamin*. Die Regierung musste entsprechende Gesetze erlassen und Zäune errichten. Hohe Zäune. Man sollte die Einstiege mit schweren Eisenbahnschwellen abdecken und diese mit Beton vermauern ...

Vom Polizei-Hauptquartier ging ein Notruf zum Unterwasser-Rettungsteam, aber die Leute konnten unmöglich vor Tagesanbruch eintreffen. Und was konnten die Männer vom Rettungsteam auch noch ausrichten, außer im dunklen Wasser unter der Erde herumzusuchen?

Eine verlorene Gruppe stand in der Nähe von *Chadwick's Chimney*. Mrs Henderson und Mrs Piladous weinten bitterlich, und Mrs Tobin drückte Mits Hand so fest, dass es wehtat. Die meisten Leute entfernten sich nach einer Weile, und die schaukelnden Lichter verschwanden in der Dunkelheit.

„Es gibt nichts, was wir bis zum Morgen tun könnten", sagte Mits Vater tonlos, während auch sie zusammen aufbrachen. „Es gibt nichts, was wir überhaupt tun können", erwiderte ihre Mutter und schluchzte leise.

Mits Lippen bebten, und ein dicker Kloß steckte in ihrer Kehle. Sie kämpfte so hart gegen die Tränen an, dass sie dachte, sie würde bersten. Mit wusste, wenn sie jetzt zusammenbrach, würde sie hysterisch losheulen und nie mehr aufhören, weil sie an all den Spaß denken musste, an die vielen Streitereien und an die Untaten, die sie mit Ket erlebt hatte, seit sie aus dem Babyalter heraus waren. Aber sie durfte sich nicht gehen lassen, denn dann hätte ihre Mutter womöglich auch die Nerven verloren, und die ganze Nacht wäre dann nur geheult worden.

Ihr Vater legte einen Arm um ihre Mutter und den anderen um sie, und er führte sie auf den Landrover zu.

„Nach Hause", sagte er ruhig. „Ich bringe euch heim."

Mit wurde plötzlich bewusst, dass auch ihr Vater, trotz seiner ernsten Art, seines eisernen Willens und seines harten Lebens in der Marine, den Tränen ganz nahe war. Mitleid stieg in ihr hoch.

In diesem Moment erreichten sie den Zaun, den Zaun, der dazu da war, die Leute von *Chadwick's Chimney* abzuhalten. Mit bückte sich tief, um unter dem Draht durchzukriechen. Trotzdem streifte ihr Rücken den Draht, und sie kam ganz nahe an einen Pfosten heran. Als Mit sich wieder aufrichten wollte, hielt sie plötzlich lauschend inne. Vom Zaunpfahl her vernahm sie ein Geräusch, ganz schwach, aber doch deutlich. Es war ein Geräusch, das sie schon gehört hatte. Sogleich wusste sie, was es war: ein Zweitakt-Motor. Derselbe Motor, der Ket fast verrückt gemacht hatte in seinem Zimmer. Derselbe Motor, den sie und Ket an diesem Morgen in der Höhle ganz laut und deutlich gehört hatten.

„Vater", rief sie. „Mama – hört euch das an!"

Ihre Mutter war eben durch den Zaun geklettert und hörte nicht richtig zu. „Was ist es, Liebes?"

„Hör doch! Hör doch!"

„Auf was soll ich hören, Liebes?"

„Bisseys Motor. Schschsch. Er muss direkt unter uns sein. Es kommt am Zaunpfahl hoch."

„Was redest du da, Mary?"

„Das Geräusch. Das Geräusch. Bisseys Motor."

Ihr Vater trat zu ihnen und lauschte ebenfalls. „Tatsächlich. Es stimmt."

„Er muss zurück sein", sagte Mit.

„Wer?"

„Bissey – von Melbourne."

Die Lampe, die ihr Vater hielt, warf ein helles, kaltes Licht auf sein Gesicht. Sie sah, wie er die Stirn runzelte, was er immer tat, wenn er etwas sonderbar fand.

„Das ist nicht möglich", sagte er. „Nicht, wenn er heute zur Mittagszeit hier weggefahren ist."

Mit blickte ihn überrascht an. „Dann hat jemand anderes den Motor angelassen. Es müssen Leute da unten sein."

„Ich glaube nicht."

Sie wollte eben fragen, warum er denn so viel über Brian Bissey und seine finsteren Gesellen zu wissen glaubte, als ein neuer Gedanke alles andere verdrängte.

„Vater", fragte sie angespannt, „du glaubst doch ... du glaubst doch nicht, dass das was mit Ket zu tun hat?"

Ihre Mutter starrte zweifelnd auf sie. „Wie soll das möglich sein? Mit Ket?", fragte sie leise.

„Wenn er in die Höhle hinuntergegangen ist, um sie Donny und Con zu zeigen, und sie sind von den Verbrechern dabei erwischt worden?"

Ihr Vater packte die Lampe. „Kommt", sagte er. „Es ist eine Chance, eins zu einer Million."

Mit rannte voraus. „Hier lang", sagte sie. „Ich zeige euch den Eingang."

„Nein. Diesen Weg." Ihr Vater eilte auf eine Ecke der Weide am Bergrücken zu, die dicht bei Carters Zaun lag. „Hier entlang! Hier entlang! Es ist viel kürzer."

„Aber", widersprach Mit. „Der Eingang ist am anderen Ende des Bergrückens."

„Dein Eingang ist dort", entgegnete er. „Meiner ist an diesem Ende."

Sie war so erstaunt, dass sie anhielt. Er schubste sie weiter. „Lauf, lauf!"

„Du kennst die Höhle? Du wusstest von ihr, schon die ganze Zeit?"

„Deine Mutter und ich, wir beide wissen es. Wir wissen schon seit einiger Zeit, dass diese Höhle existiert. Aber es sollte ein Geheimnis bleiben."

Sie war gekränkt. „Warum?"
Er schob sie weiter den Hang hoch. „Das ist eine lange Geschichte. Du wirst sie gleich zu hören kriegen."
Sie waren schon ganz außer Atem, doch sie eilten weiter das letzte Stück den Weg hinauf zu einem Wirrwarr von Felsbrocken und kleineren Höhlen, die dicht unterhalb der Kuppe des Bergrückens lagen.
„Hier entlang", sagte Mr Tobin und leuchtete den Pfad mit der Lampe aus. Sie liefen in eine buschbewachsene Mulde hinein, durch hohe Sträucher, die sie zur Seite biegen mussten, um vorbeizukommen, und erreichten einen felsigen Oberhang. Dann wandten sie sich scharf nach rechts, kamen an einer Felsspalte vorbei und krochen links durch eine niedrige Öffnung, die offensichtlich vor noch nicht allzu langer Zeit mit Brechstange und Drillbohrer vergrößert worden war, ins Innere der Erde.
„Du liebe Zeit, das ist vielleicht ein Labyrinth", sagte Mit. „Woher weißt du, wo es langgeht?"
Ihr Vater murmelte irgendetwas Unverständliches. „Es ist nicht mehr weit", fügte er dann hinzu.
Das Rattern des Motors wurde immer lauter, und Mit nahm zu Recht an, dass sie sich der Haupthöhle näherten. Ihr Weg machte zwei weitere scharfe Wendungen, und sie gerieten in einen Gang, der demjenigen sehr ähnlich war, den sie und Ket an diesem Morgen entdeckt hatten. Dann bogen sie nach rechts ab, bückten sich unter einem niedrigen Felsen hindurch und sahen plötzlich Licht.
Es war ein gespenstischer Anblick; als würde ein Tor zur Unterwelt geöffnet.

„Vorsicht", mahnte ihr Vater und hielt die Lampe hoch, um Mit und ihrer Mutter den Weg an einem tiefen Loch im Kalksteinboden vorbei zu weisen.

Der Lärm des Motors wuchs zu einem wilden Rattern an, und das Licht wurde noch heller.

„Jetzt werden wir es gleich sehen", sagte ihr Vater.

Mit hielt seinen Arm. „Sollten wir uns nicht verstecken oder warten?", gab sie zu bedenken. „Es könnten die Verbrecher sein."

Ihr Vater spottete: „Verbrecher, Verbrecher. Blödsinn. Es sind meine Freunde."

Das war zu viel für Mit. In ihrem Kopf wirbelte alles durcheinander. Aber bevor sie noch irgendetwas sagen konnte, kamen sie um ein paar Felsbrocken herum und marschierten geradewegs in die große Höhle hinein. Sie befanden sich oben, dicht unter der Decke. Vor ihnen fiel der Boden steil ab, bis hinunter zum See mit dem stillen Wasser, der sich auf der einen Seite der felsigen Höhle befand. Auf der anderen Seite lagen in einem Gewölbe Dosen, Kannen, Kanister, Werkzeuge und sonst allerlei Gerät verstreut umher. Der Benzinmotor ratterte jetzt ganz in der Nähe. Ein paar nackte elektrische Glühbirnen, die in einer Reihe angeordnet waren, erfüllten den Raum mit gleißendem Licht.

„Ket!"

„Vater!"

Die drei Jungen und die drei Personen, die so verzweifelt nach ihnen gesucht hatten, entdeckten sich im selben Moment. Sie stürzten aufeinander zu und stießen auf halber Höhe des Hanges aufeinander.

Kets Mutter weinte. „Kevin! Kevin! Gott sei Dank!" Sie riss ihn an sich und hielt ihn so fest, als ob sie ihn erdrücken wollte.

Mit weinte auch. Dicke Tränen rannen ihre Wagen hinunter. Auch sie umschlang ihren Bruder, so gut es ihr neben ihrer Mutter möglich war. „Du dummer Kerl", stammelte sie zwischen Schluchzern. „Du großer, alberner, dummer Kerl." Sie suchte nach einem Taschentuch. „Mensch, meine Nase läuft wie bei einem kleinen Kind."

Zu seinem Erstaunen stellte Ket fest, dass auch er weinte. Zwar wusste er nicht ganz genau, warum, aber es war ein solches Durcheinander von Umarmungen und Schluchzern und Lachen und Naseputzen und Gedränge, dass auch er sich nicht zurückhalten konnte.

Es war sein Vater, der sich zuerst fing und wieder auf den Boden der Tatsachen zurückkam. Er begrüßte Donny und Con und dann begann er sein Donnerwetter. „Ich sollte euch alle drei kräftig durchwalken", sagte er. „Der ganze Distrikt ist in Aufruhr, ganz zu schweigen von dem, was ihr euren Eltern angetan habt!" Er blickte sie mit einer Mischung aus Freude und Ärger an. „Wir haben alle gedacht, ihr habt in *Chadwick's Chimney* getaucht."

Ket stieg das Blut in den Kopf. Er ließ betreten den Kopf sinken und warf Donny und Con einen Seitenblick zu. Seine Stimme war nur ein Murmeln, als er sagte: „Wir haben tatsächlich in *Chadwick's Chimney* getaucht."

Der Mund seines Vaters öffnete sich und schloss sich wieder, ohne dass ein Ton herauskam. Mit und ihre Mutter blickten die Jungen entgeistert an. Donny trat unbehaglich von einem Fuß auf den anderen. Er blickte vor sich auf den Boden, beschämt und verlegen.

„Ihr habt was?", sagte Kets Vater endlich mit eiskalter Stimme. „Nach alldem, was ich dir gesagt habe, Ket? Warum nur?"

Ket blickte weiterhin auf den Boden, und Con und Donny schauten weit weg ans Ende der Höhle. Doch dann konnte Donny die Last der Schuld nicht länger ertragen.

„Wir waren es", rief er aus. „Con und ich. Es war nicht Ket. Er wollte gar nicht mitkommen. Er kam nur runter, weil wir uns im Schacht verirrt hatten. Und dann brach die Leiter, als er uns helfen wollte. Und dann hat er uns hierher geführt. Unter Wasser."

Atemlos hielt Donny inne und blickte mit ängstlichen Augen zwischen Mr Tobin und Ket hin und her, einen jähen Wutausbruch erwartend.

Mr Tobin wandte sich langsam an Ket. Im Schein der nackten elektrischen Glühbirnen schien sein Gesicht alt geworden zu sein. Lange Zeit sagte er nichts.

„Ihr seid durchgetaucht ...?", fragte er schließlich mit fast tonloser Stimme, „Von *Chadwick's Chimney* hierher in diese Höhle?"

Ket kam sich eher dumm als mutig vor. „Wir mussten. Es gab keinen anderen Ausweg."

„Woher wusstest du, dass es einen Durchgang gibt?"

„Ich habe es nicht gewusst. Ich habe es nur vermutet."

„Vermutet!" Kets Vater stieß das Wort durch die Zähne, als würde es ihm Übelkeit verursachen. „Mit einer halben Leiter hinter dir und nichts als Wasser vor dir?"

Ket ließ wieder den Kopf hängen. „Es gab sonst nichts, was ich hätte tun können, Vater. Ehrlich."
Sein Vater fuhr sich mit dem Handrücken über die Augen. Der Hemdkragen schien ihm plötzlich eng zu werden.
„Der liebe Gott war dir heute sehr freundlich gesinnt, mein Junge", sagte er nach einer Weile ruhig. „Er hat sich entschlossen, dir noch einmal eine Chance zu geben."
Mit trat nach vorn, voller Angst, dass ihres Vaters Ärger doch noch ausbrechen könnte und alles verderben würde.
„Kommt, ihr drei", sagte sie deshalb. „Es wird Zeit, dass wir nach Hause kommen."
„Ja", fügte ihre Mutter drängend hinzu. „Wir müssen den anderen Bescheid geben."
Die Jungen nahmen sofort ihre Chance wahr, und sie packten eifrig ihre Tauchgeräte zusammen.
„Was ist mit dem Motor?", fragte Ket. „Wir haben ihn angelassen, um Licht zu bekommen. Die Verbrecher werden ganz schön wild werden, wenn sie es herausfinden."
„Was denn für Verbrecher?", fuhr ihn Mr Tobin ungeduldig an.
„Die, die hier nach dem Schatz tauchen. Hat Mit es dir nicht erzählt? Wir haben sie heute Morgen gesehen."
Da lachte zum ersten Mal an diesem Abend auch Kets Vater. „Heiliger Strohsack", sagte er, „es sind nicht irgendwelche Verbrecher, und es gibt auch keinen Schatz, wenigstens nicht so, wie ihr euch das vorstellt."
„Aber der Lieferwagen!", sagte Ket. „Und Brian Bissey. Hoppy Hopkins hat ihn gesehen und wir auch."
Jetzt war sein Vater wieder mehr gereizt als belustigt. „Es

war nicht Brian Bissey. Es war sein Bruder. Und sein Lieferwagen hat sich nicht überschlagen und eine Ladung mit gestohlenen Schätzen den Kamin runtergekippt. Er wurde durch den Zaun geschleudert, nachdem er auf dem Kies ins Rutschen geraten war. Dann beschloss Bissey, die alte Pump Road zu benutzen und den lädierten Lieferwagen im Gebüsch zu verstecken, während er in der Höhle arbeitete."
„Aber was ist mit dem Schatz?" Donnys Stimme war ein dünnes Quieken.
„Es gibt keinen Schatz", entgegnete Mr Tobin voller Spott.
„Es gibt keinen Schatz? Bestimmt nicht?"
„Es hat noch nie einen gegeben."
„Nun", meinte Ket und war mehr als je verwirrt, „was sagt man dazu? Und was ist mit dem ganzen Krempel hier ..." Er deutete auf den Motor und den Haufen von Geräten, die umherlagen.
„Es gehört alles der Universität. Mr Bissey und die anderen Männer sind Wissenschaftler. Anthropologen. Sie haben viele ungewöhnliche Dinge in dieser Höhle gefunden. Gebrauchsgegenstände der Ureinwohner, der Aborigines. Und Knochen von Urtieren; von riesigen Kängurus und Beutelmäusen und Emus, die drei Meter hoch waren. Wenn sie ihre Arbeit abgeschlossen haben, verfügen sie über eine unschätzbar wertvolle Sammlung eines Australiens, das vor tausenden von Jahren existiert hat."
Ket und Mit konnten es fast nicht glauben.
„Und du hast immer schon von der Höhle gewusst?" In Kets Stimme lag ein leicht anklagender Ton.
„Ja. Schon eine ganze Zeit lang. Aber Mr Bissey und sein

Bruder wussten noch früher als ich davon, als sie noch Kinder waren und hier im Distrikt lebten. Die Universität bat mich um Erlaubnis, weil sie mein Land überqueren mussten."

„Und davon hast du uns nie etwas gesagt?" Ket war zutiefst gekränkt.

„Wir hätten euch davon erzählt, sobald sie uns die Zustimmung dazu gegeben hätten. Sie baten uns, Stillschweigen zu wahren, bis sie alle wissenschaftlichen Arbeiten beendet hatten. Du kannst dir ja vorstellen, was geschehen wäre, wenn eine Menge ungebetener Gäste wie Touristen und vielleicht auch Vandalen die Höhle gestürmt hätten."

Ket konnte es noch immer nicht fassen. „Aber was ist mit den Froschmännern ... und der Polizei?"

„Die Froschmänner suchten nach einer Kiste mit verloren gegangenen Exponaten. Sie ist den Männern versehentlich ins tiefe Wasser gefallen, als sie auf dem flachen Fels dort unten ausrutschten. Eine Stahlkiste voll mit den besten Stücken. Unvorstellbar wertvoll. Sie wollten sie unter allen Umständen wiederkriegen."

Mit begann endlich klar zu sehen. „Und auf diese Art und Weise sind die Gerüchte von den ungeheuer wertvollen Schätzen entstanden."

„Ja. Genauso war es."

„Und die Polizei?" Ket wollte sich noch nicht ganz geschlagen geben.

„Die kam aus Victoria, um den südaustralischen Detektiven zu helfen, einen Ring von Viehdieben auszuheben, der das gestohlene Vieh über die Grenze nach Victoria abschob. Sie haben mit dieser Höhlengeschichte überhaupt nichts zu tun."

„Sie haben nichts mit den Höhlen zu tun?"

„Ganz und gar nichts."

Ket, Con und Donny sahen sich mit dummen Gesichtern an. „Mann, das ist ein Ding", sagte Ket zuletzt, und der Ton in seiner Stimme sagte alles.

Mr Tobin blickte ihn eher freundlich als ärgerlich an.

„Das zeigt wieder einmal aufs Neue", belehrte er sie alle, „wie gefährlich Gerüchte sein können. Sie können sogar Menschenleben kosten."

Donny und Con ließen beschämt die Köpfe sinken.

„Sie hätten uns unser Leben kosten können", stimmte Con zu, „wenn Ket nicht gewesen wäre."

Mrs Tobin trat vor. „Genug geredet jetzt", sagte sie, „wir bringen euch jetzt nach Hause – jetzt sofort. Stellt euch vor, was eure Eltern sagen, wenn ihr durch die Tür tretet."

Donny schnitt eine Grimasse. „Das kann ich mir gerade vorstellen", grinste er.

Sie schalteten den Motor in der Höhle aus und suchten sich vorsichtig ihren Weg hinaus ins Freie – eine kleine Gruppe erschöpfter Menschen. Sie stapften den Abhang des Hügels hinunter, kletterten müde in den Landrover und fuhren in Richtung Spoonbill Creek davon.

Die Sterne standen hoch und klar am Himmel, und die Luft war kalt. Draußen in Carters Weide lag der Einstieg zu *Chadwick's Chimney* offen da, und in der kreisrunden Wasseroberfläche, weit unten in der Tiefe, spiegelte sich ein Stück des Nachthimmels.

Mike Stocks (Hrsg.)

An der **Themse** um **Mitternacht**

In diesem Zimmer, in dieser Nacht um Mitternacht passierte mir etwas Unvorstellbares. Das Zimmer war ein gewöhnliches Zimmer mit einem Bett, einer Kommode, einem Schrank und einem Schreibtisch am Fenster. Auch der Tag war ganz normal gewesen. Ich war zur Arbeit gegangen, wieder heimgekommen und hatte zu Abend gegessen. Und ich ging zu Bett ohne den leisesten Verdacht, dass etwas Außergewöhnliches geschehen könnte. Ich löschte die Gaslampe, rollte mich auf den Rücken und seufzte müde in die Dunkelheit. Und dann geschah es. Es fiel direkt von oben auf mich herab, als ob es an der Decke gehangen hätte, und im nächsten Augenblick waren zwei knochige Hände an meiner Kehle und drückten fest zu.

Ich hörte mich selbst nach Luft ringen, als ich seine Arme wegzudrücken versuchte. Plötzlich kämpfte ich um mein Leben. Außer Stande den mordgierigen Griff des Wesens zu lösen, schloss ich meine Arme um seinen Körper – einen sonderbaren, prallen, muskulösen Rumpf – und drückte, so fest ich konnte. Ich hörte sein Schnaufen direkt an meinem Ohr, während wir uns wild prügelten und im Kampf um Leben und Tod wanden.

Ich war dabei, zu ersticken. Es fühlte sich an, als ob meine Augen von innen aus meinem Gesicht gedrückt würden, und ich hatte nicht einmal mehr genug Atem, um zu stottern, als – Sekunden, bevor ich bewusstlos wurde – sich der Griff an meinem Hals lockerte. Wir rollten auseinander. Mir war es möglich, einmal keuchend Atem zu schöpfen, da griff es wieder an. Es schlug mich mit seinen Pranken und grub seine scharfen Zähne in meine Schulter und meinen Hals. Obwohl es etwas kleiner als ich zu sein schien, war es unglaublich stark. In Dunkelheit getaucht, nicht ahnend, was mich töten wollte, abgestoßen von der Berührung mit seiner Haut, versuchte ich, seine Schläge abzuwehren. Wir rollten in verzweifeltem Gerangel über den Boden.

Endlich, nach einem erschöpfenden Kampf, gelang es mir, meinen Angreifer auf den Rücken zu drehen und ihm mein Knie mit meinen ganzen Gewicht auf den Brustkasten zu drücken. Es schlug und wand sich, nach einer Weile jedoch gab es den Widerstand auf. Ich spürte sein Herz heftig pochen. Es war ebenso erschöpft wie ich.

Auf dem Stuhl in der Nähe lag ein großes Halstuch. Ich klemmte das Etwas mit den Knien unter mir fest und trotz seiner erneuten Versuche loszukommen, packte ich das Tuch und fesselte seine Handgelenke. Danach fühlte ich mich sicherer, wenn es auch nach wie vor äußerst anstrengend war, das Wesen auf dem Boden zu halten. Mit meinem Knie auf seiner Brust zerrte ich es mit großer Mühe durch das Zimmer zum Nachttisch. Schnell wie der Blitz löste ich meinen Griff und drehte die Flamme der Gaslampe auf.

Ich schrie auf, nicht so sehr vor Schreck, mehr aus Bestürzung und Unglauben. Unter mir lag eine Bestie, die ich zu Boden drückte. Ich spürte das Heben und Senken ihres Brustkorbs, hörte ihr fürchterlich rasselndes Atmen und ich sah das Tuch, mit dem ihre Handgelenke gefesselt waren, aber die Bestie selbst sah ich nicht! So fand mich David, mein Mitbewohner, als er in das Zimmer stürzte.

„Was ist los?", fragte er. „Warum blutest du?"

Ich muss einen schlimmen Anblick geboten haben. Ich jammerte vor Angst und kämpfte verzweifelt mit einem Angreifer, den er nicht sehen konnte.

„Um Gottes willen hilf mir", flehte ich. „Die Bestie hat mich beinahe umgebracht. Ich kann sie nicht mehr länger auf dem Boden halten!" Er starrte mich an.

„Hilf mir!", schrie ich.

„Ich rufe den Arzt."

„Nein, bitte!", flehte ich. „Komm her, David, bitte!"

Sobald er dicht genug war, packte ich seine Hand und drückte sie auf die Brust der Bestie herunter. Sein Gesicht wurde starr vor Grauen und er begann zu zittern. Dann öffnete er den Mund, wollte schreien, bekam jedoch keinen Ton heraus. Ich ließ sein Handgelenk los. Er wich zurück und kauerte sich in eine entfernte Ecke des Zimmers.

„Was ... was ist das?"

„Ich weiß es nicht."

„Es ist unsichtbar!" David brüllte urplötzlich so laut, dass es komisch gewesen wäre, hätte es nicht der Wahrheit entsprochen.

„Um Himmels willen, hilf mir!", bettelte ich.

Endlich schien er zu begreifen, wie erschöpft ich war. Er lief aus dem Zimmer und kehrte bald mit einem Knäuel gelber Kordel zurück. Wir verschnürten die Bestie fest und hatten zum Schluss ein engmaschiges Geflecht um ein unsichtbares Gebilde gewickelt. Das Etwas zerrte, drehte und dehnte sich, um sein Kordelgefängnis zu sprengen.

„Harry", sagte David schließlich. „Das ist ... schrecklich."
Wenige Zentimeter neben dem schnaufenden Etwas streckte ich mich auf dem Boden aus und schaute zur Decke.
„Glas ist durchsichtig", sagte ich.
„Aber du kannst es trotzdem sehen."
„Luft kann man nicht sehen."
„Aber Luft atmet nicht, Luft lebt nicht. Luft", sagte er heftig, „hat keine Zähne!"
„Was sollen wir machen?", fragte ich.
Die ganze Nacht passten wir auf die Bestie auf und überlegten, was zu tun sei. Wir ließen sie nicht aus den Augen.
„Hör zu", flüsterte David nach einigen Stunden.
Das Etwas atmete tief und langsam. Es war eingeschlafen.
„Glaubst du, du könntest es für ein oder zwei Stunden allein bewachen?", fragte David.
„Schon, obwohl ich das lieber nicht möchte. Warum?"
„Ich muss ein paar Dinge besorgen. Ich habe eine Idee, wie wir herausfinden können, wie es aussieht."
„Es sieht wie nichts aus. Es ist unsichtbar."
„Aber es hat eine Form", antwortete er, „also muss es irgendwie aussehen. Ich bin bald zurück."
„David, warte!", zischte ich aus Angst, mit dem Ding, allein gelassen zu werden, doch David war schon aus der Tür.

Über eine Stunde später kehrte er zurück und hatte zwei großen Eimer Gips dabei. Ich beobachtete ihn verwundert, während er den Gips noch einmal umrührte.
„Du willst doch keinen Gipsabdruck von ihm machen?"
„Doch."
„Aber es wird aufwachen!"
„Nein, wird es nicht."
„Außerdem ist es fest verschnürt."
„Ich werde die Schnur durchschneiden."
Ich sah ihn an, als ob er ein kompletter Idiot wäre. Er lächelte mich an und zog eine kleine Flasche mit Flüssigkeit aus seiner Jackentasche.
„Chloroform", erklärte er.
Er träufelte ein bisschen Chloroform auf sein Taschentuch und legte es dann dahin, wo er die Nase des Wesens vermutete. Es wachte sofort auf und begann zu kämpfen, aber David drückte fest zu und innerhalb weniger Sekunden rührte sich das Kordelpaket nicht mehr. Es hatte das Bewusstsein verloren. David träufelte noch etwas Chloroform auf das Taschentuch.
„Sicher ist sicher", meinte er.
Als wir die Schnüre durchschnitten hatten, fühlte ich mich sehr verwundbar. Zuvor hatten wir wenigstens sehen können, wo das Etwas war. Jetzt gab es keinen Hinweis mehr auf seine Existenz, außer sein gleichmäßiges Atmen.
„Setz dich neben seinen Kopf", wies David mich an, „und hör genau hin. Bei dem geringfügigsten Anzeichen dafür, dass es aufwacht, drückst du ihm noch etwas Chloroform auf die Nase."

Er begann die Füße des Wesens mit einer dicken Gipsschicht zu bedecken.

Bis zum Mittag des nächsten Tages hatte David ein vollständiges Wachsmodell geschaffen. Noch nie habe ich eine schrecklichere Bestie gesehen und ich hoffe, nie wieder eine sehen zu müssen. Sie war nicht besonders groß, etwa so groß wie ein zwölfjähriger Junge, aber ihre riesigen, muskulösen Arme waren beinahe so lang wie ihr Körper. Es hatte Füße mit zwei Zehen, die mit langen, gebogenen Krallen ausgestattet waren. Der Rumpf war Furcht erregend, prall und strotzend vor Muskeln. Das Schlimmste war jedoch sein Maul. Kein Wunder, dass ich Fleischwunden davongetragen hatte: Die Lippen waren ständig zurückgezogen und zeigten eine grauenvolle Reihe nadelspitzer Zähne. Während der nächsten paar Tage veränderte sich unsere Einstellung zu unserem unwillkommenen Gast. Wir überwanden unser Grauen zwar nie, aber gleichzeitig war es uns unmöglich, kein Mitleid mit ihm zu empfinden. Uns blieb keine Wahl, wir mussten es dauernd gefesselt lassen, was an Folter grenzte. Außerdem verhungerte es.

„Wenn es keine Suppe frisst, dann frisst es gar nichts", sagte David und beobachtete mich dabei, wie ich behutsam versuchte es mit Gemüsebrühe zu füttern. Mit Milch, Brot, Obst, Fleisch und Eiern hatten wir es bereits probiert.

„Ob es an der Kordel liegt?", fragte ich. „Vielleicht kann es sein Maul nicht weit genug aufmachen."

David beugte sich vorsichtig über das Gesicht des Wesens. Er nahm ein Taschenmesser und zerschnitt bedächtig ein paar Knoten, dort wo er das Maul vermutete.

„Versuche es jetzt noch einmal", meinte er.

Ich lehnte mich erneut nach vorn, in der einen Hand den Löffel heißer Suppe und mit der anderen Hand tastete ich gewissenhaft nach seinem Maul. „Aahh!", schrie ich auf. Die Bestie hatte sich ganz plötzlich bewegt und jetzt steckte mein Handgelenk in seinem Maul! Seine Zähne hatten meine Haut durchstochen. Voller Ekel sah ich herab und versuchte vergeblich meinen Arm wegzuziehen. Dünne Ströme Blut rannen über mein Handgelenk – als ob mein Blut durch unsichtbare Strohhalme aufgesaugt würde.

„Mein Gott", flüsterte David.

Das Wesen trank und schluckte hastig. Wir sahen mein Blut sich in Luft auflösen, während es vom Maul in seine Kehle und seinen Magen floss. Im Magen wurde es dann binnen Sekunden unsichtbar.

„Befreie mich!", jammerte ich.

David packte meinen Arm und versuchte ihn freizubekommen, was mich jedoch vor Schmerz aufschreien ließ. Das Blut sprudelte jetzt aus meinen Adern und ich fühlte mich schwach. Als David sah, dass ich kurz davor war, in Ohnmacht zu fallen, begriff er den Ernst der Lage.

„Mach dich auf etwas gefasst", erklärte er mir.

Und dann riss er mit aller Kraft an meinem Arm ...

**Auszug aus dem Ravensburger Taschenbuch 52182
„An der Themse um Mitternacht"
herausgegeben von Mike Stocks**